清貴と葵 於 豫園

清貴 於 上海楼

京都寺町三条のホームズ⑬
麗しの上海楼

望月麻衣

双葉文庫

目次

家頭《やがしら》 清貴《きよたか》

類稀な鑑定眼と観察眼から、『ホームズ』と呼ばれている。現在は、骨董品店『蔵』を継ぐ前に、外の世界を知るよう命じられ、修業中の身。

真城《ましろ》葵《あおい》

京都府立大学二年。埼玉県大宮市から京都市に移り住み、骨董品店『蔵』でバイトを始めた。清貴の指南の許、鑑定士としての素質を伸ばしている。

梶原《かじわら》 秋人《あきひと》
現在人気上昇中の若手俳優。ルックスは良いが、三枚目な面も。

円生《えんしょう》
本名・菅原真也。元贋作師で清貴の宿敵だったが、紆余曲折を経て、今は高名な鑑定士の許で見習い修業中。

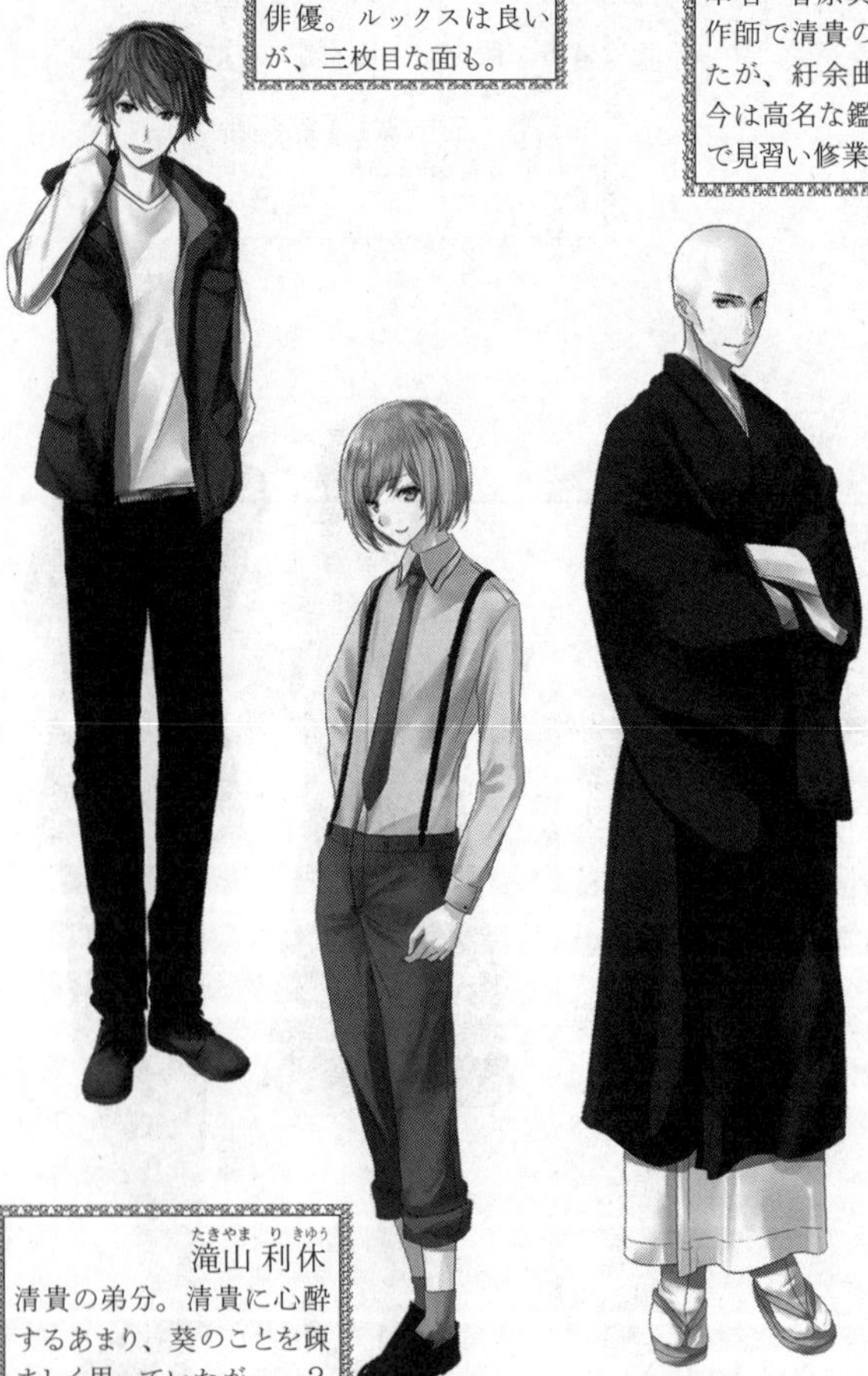

滝山《たきやま》 利休《りきゅう》
清貴の弟分。清貴に心酔するあまり、葵のことを疎ましく思っていたが……？

家頭《やがしら》 誠司《せいじ》
（オーナー）
清貴の祖父。国選鑑定人であり『蔵』のオーナー。

滝山《たきやま》 好江《よしえ》
利休の母であり、オーナーの恋人。美術関係の会社を経営し、一級建築士の資格も持つキャリアウーマン。

家頭《やがしら》 武史《たけし》
（店長）
清貴の父。人気時代小説作家。

北京东路
外灘観光
トンネル出入口
フェアモント ピース
ホテル上海
上海大自然野生昆虫館
上海海洋水族館
上海国際会議中心
東方明珠電視塔
軌道交通2号線（地下鉄2号線）
外灘観光隧道
外灘観光
トンネル出入口
陸家嘴駅
浦東
世纪大道
中山东一路
四川中路
陆家嘴西路
正大広場
ザ・リッツ・カールトン
上海浦東
外灘
浦東発展銀行
延安东路隧道
濱江公園
浦東シャングリラ上海
ウォルドルフ アストリア
上海 オン ザ バンド
陆家嘴环路
黄浦江
中山东二路
金陵东路
上海灘商厦
大民路隧道
人民路
丽水路
古城公園
福佑路
豫園
ルネッサンス豫園
沈香閣
九曲橋
豫園商城
上海老街
东门路
中山南路
光启路
中华路
軌道交通10号線（地下鉄10号線）
复兴东路
0
400m

上海
光复路
呉淞江
浙江中路
北京东路
牛庄路
新世界大丸百貨
軌道交通8号線（地下鉄8号線）
中国大劇院
南京東路駅
上海 マリオット ホテル シティ センター
南京东路
河南中路
黄河路美食休閒街
南京東路
上海市第一百貨商店
世紀広場
福建中路
グランドセントラルホテル上海
ラディソン ブルホテル 上海 ニューワールド
ル ロイヤル メリディアン 上海
浙江中路
福州路
沐恩堂
人民広場駅
ウェスティン外灘センター
人民公園
上海城市規画展示館
西藏中路
云南中路
延安东路
上海当代芸術館
上海市人民政府
延福緑地
軌道交通1号線（地下鉄1号線）
黄陂北路
上海大劇院
人民大道
浙江南路
人民広場
雲南南路美食街
上海博物館
武胜路
上海音楽庁
大世界駅
電信世界
云南南路
延中広場公園
黄陂南路
金陵中路
淮海中路
大境閣
西藏南路
人民路
黄陂南路駅
淮海公園
普安路
太仓路
万商花鳥市場
新天地

Introduction

1

「お久しぶりね、葵さん」

突然、骨董品店《こっとうひん》『蔵《くら》』に現われたジウ・イーリン(景一琳)を前に、真城葵《ましろあおい》は「は、い」とぎこちない笑みで会釈《えしゃく》を返す。

目の前にいるのは、世界的富豪として知られるジウ・ジーフェイ(景志飛)の娘であり、九州の豪華寝台列車、『七つの星』で菊川史郎《きくかわしろう》(旧姓・雨宮《あまみや》)と一緒だった女性だ。

「突然ごめんなさい。寺町三条のホームズさんは、いるかしら?」

「ホームズさんに、ご用だったんですか?」

「ええ、実は、彼にお仕事をお願いしたくて、ここに来たの」

彼女は以前と同じように、流暢《りゅうちょう》な日本語で言って、にこりとその大きな目を細めた。

「……お仕事?」

家頭《やがしら》清貴《きよたか》は、ジウ・イーリンが事務所を訪れる少し前、小松勝也《こまつかつや》からの呼び出しで円生《えんしょう》とともに事務所に向かっていた。

彼女の来訪とともにさまざまな出来事が動き出すのだが、話は一旦《いったん》、小松探偵事務所に移される。

＊

小松探偵事務所は、高瀬《たかせ》川沿いの風情《ふぜい》のある小路——木屋町《きやまち》四条下《しじょうさが》ルにある。

軒《のき》を連ねる町家のほとんどが飲食店。その中にある『小松探偵事務所』という異色の看板は、違和感はあるが景観を損ねてはいない。

看板は木製で建物は町家造り。だが、内装は、外観とはうって変わって洋風にリフォームされている。

一階の事務所兼相談室の床は、明るい木目調のフローリング。中央に黒いソファーセットがあり、そこを囲むようにデスクが三台ある。

ちなみにソファーは革張り……といいたいところだが、合皮だ。

今、この探偵事務所の所長である小松が座っているそのソファーの向かい側に、和服を着た、上品そうな美しい女性が座っている。

彼女の名は、田所《たどころ》敦子《あつこ》。年齢は五十代前半。

『花紡《はなつむ》ぎ』という華道教室の傍ら、合法的な秘密クラブを経営している。

先日の事件で関わることになった彼女は、清貴のおかげで亡くなった父親からブルーダイヤという宝を遺されていることが分かった〝敦子さん〟だ。

彼女が訪ねてきたため、小松は、骨董品店『蔵』に行っていた家頭清貴と円生（本名は菅原真也《すがわらしんや》）を呼び戻していた。


「——ああ、これは、敦子さん。お元気そうですね」

事務所に帰ってきた清貴は、敦子を前ににこりと目を細める。

円生は、彼女を前に軽く会釈をした。

「お二人ともその節は、本当にありがとう」

彼女はコーヒーカップを手に、笑みを返す。

清貴は、いえいえ、と首を振りながら、小松の隣に腰を下ろした。

「鑑定の結果、本物のブルーダイヤだったとか」

「ええ。おかげで、相続税を支払うのに大変だったわ」

肩をすくめる彼女に、清貴は、でしょうね、と苦笑した。

高価なものを受け取るというのはそういう苦労もあるわけだ、と小松は腕を組んだ。

「その後、いろいろ考えたんだけど、あのダイヤは、博物館に寄託《きたく》したのよ」

『寄託』というのは、所有権は自分に残したまま、他の場所に預けるということだ。

「お手元に置いとかなくて良いのですか？」

彼女は、こくりと頷《うなず》く。

「あそこまで大きなブルーダイヤは、とても珍しいし、たくさんの人に見てもらえたら嬉しいわ。何より、家にあっても落ち着かなくて」

小松は話を聞きながら、そうだろうな、と相槌《あいづち》をうつ。

何億もするダイヤが家にあるとなれば、のんびり外出もできないだろう。

「せやかて、博物館も安全ちゃうで」

デスクでそう洩《も》らした円生に、彼女は、ふふっ、と笑った。

「でも、うちより、ずっと安全よ。もし、博物館でも盗まれてしまうくらいなら、あきらめもつくわ。うちに置いとくことで、また家を焼かれては困るもの」

敦子は遠くを見つめながら、つぶやく。

それがまさに彼女の本心なのだろう。一同は口を噤《つぐ》んだ。

沈黙を誘ったことを申し訳なく思ったのか、敦子は切り替えるように顔を上げた。

「そうそう、今日はね、正式な依頼というわけじゃないんだけど、お願いしたいことがあって」

はい、と清貴と小松は頷く。

「もしかしたら、もう耳に入っているかもしれないけど、最近、祇園界隈《ぎおんかいわい》でひったくりが多発しているそうなの。バッグもそうだし、アクセサリーも乱暴に引っ張って持っていってしまうそうで。うちの生徒さんも何人か被害に遭っているわ。もし見付けた時は、通報をお願いできるかしら」

「分かりました」

皆が頷いたところで、敦子は「それじゃあ」と立ち上がる。

「うちのクラブ、金曜日だけは夜もやっているから、準備に入らないと」

「がんばってくださいね」

「清貴さん、もしバイトしたくなったら、いつでもいらしてね。そちらの円生さんも」

ありがとうございます、とソツなく会釈する清貴に対し、円生は頬杖をついて、そっぽを向く。

「金持ちのおばはんの酌なんてしたない」

「って、おい、円生。す、すみません」

小松が慌てて謝るも、敦子は気にも留《と》めていない様子で、くすくすと愉《たの》しげに笑った。

「京都は、常に上辺だけ上品に返す方が多いから、あなたのように正直な反応は逆に新鮮で嬉しくなるわね」

「俺は、尼崎《あまがさき》やし。そもそも京都人は好かん」

「同感ね。私もよ」

敦子は目を弓なりににこりと細めて、事務所を後にする。

彼女の姿が見えなくなるなり、

「怖っ、京都人のああいうところが嫌やねん」

と、円生は、露骨に肩をすくめた。

「今のは俺も怖かったから、それはちょっと同感だな。敦子さん、笑顔だったけど、絶対、機嫌を損ねただろうな。今度、彼女のところに『とらや』でも持って行こう」

あんちゃん太鼓判の『とらや』だし、と小松が言っていると、カップを片付けていた清貴が、ああ、と振り返る。

「すみません。この前、お伝えするのを忘れていましたが、京都の中の人間である僕が『とらや』を持って行くのは素直に喜ばれますが、小松さんのように外の人が『とらや』を持って行くとなると、話は違ってくるんですよ」

話しながら清貴は、キッチンでコップを洗い、布巾で丁寧《ていねい》に拭《ぬぐ》って食器棚に戻す。

「はっ、どういうことだ？」

小松がぽかんと口を開けた。

清貴はキッチンから出てくると、小松の方を向いた。

「『とらや』の美味しさとそのブランド力は、誰もが知るところなんですが、一部の者には、『京都を捨てていった店』という感情もあるんです。ですから外の人が『とらや』を持参すると、『京都を捨てていった店のものを持ってきて。分かってへんのやなぁ』という感情が生まれてしまう場合があります。特に、お詫びに使う場合は避けた方が無難でしょう。京都ブランドの和菓子をおすすめしますね」

清貴は人差し指を立てて、白い歯を見せる。

「…………」

一瞬黙り込んだ小松と円生だが、その刹那《せつな》「面倒くせぇ！」と二人は声を揃えた。

「なんやねん、それ！　ほんまにウザい」

「同感だよ、なんだそれ」

「まあまあ、面倒くさいとかウザいではなく、そういう部分も楽しんでいただけたら」

「楽しめへんわ！」と、円生が突っ込み、小松も、本当だよ、と頷きながら思い出したように顔を上げた。

「そうだ、この前、ネットで見たんだけど、京都人が来客に『良い時計してますね』って言うのは、『早く帰れ』ってことなんだって書いてあって、寒気がしたよ。怖すぎだろ」

「せや、そういうとこやん。京都人」

そんな二人に、清貴は、やれやれ、と腰に手を当てる。

「まったく何を言うんですか。『そろそろ、お時間良いですか？』というのを褒め言葉に包んでお伝えしているんですよ？　逆に親切ではないですか。そもそも、外の方がいちいち過剰に捉えすぎるんですよ」

「過剰なのは、そっちやねん」

「そうだそうだ」

三人でわいわいと言い合っていると、インターホンの音もなく、ガラリと扉が開く音がした。

「ちわーっ」

と、次の瞬間、事務所に顔を出したのは、梶原秋人《かじわらあきひと》だった。

明るめの髪にTシャツにジーンズと、ラフな出で立ちだ。少しチャラチャラした感じもあるが、さすがに男前だ。目を惹《ひ》く華やかな外見をしている。

「……秋人さん」

「おう」

と、秋人は片手を上げて、勝手にソファーにどっかりと腰を下ろす。

「遊びに来たんですか？」

微笑みながらも、『ここは一応、仕事場なのですが』というオーラを出す清貴に、秋人は口を尖らせた。

「ちげーよ。相談に来たんだ」

「相談？」

「一時間後くらいになるかな？　ここに客が来るはずなんだけど……」

秋人がそう言った直後、事務所にインターホンの音が響いた。

「あ、もう来たのか？」と秋人。

皆が一斉にモニター画面に視線を向ける。

そこには、真城葵の姿が映し出されていた。

「――葵さん？」

清貴は立ち上がると、驚いた様子で秋人の方を向いた。

「あなたの言う客とは、葵さんのことですか？」

「いやいや、違うよ。俺の客は、もう少し後だ」

そうですか、と清貴は、足早に玄関へと向かった。

それまでぶすりとしていた円生も一瞬、清貴と同じように目を輝かせている様子が視界に入り、小松は少し驚いた。

「すみません、ホームズさん。お仕事中に……」

玄関から、葵の声が聞こえてくる。

店は今、利休が見ているという。

「いえいえ。また、あなたの顔が見られて嬉しいです」

明るい清貴の声も届く。

彼女を前に、でれでれと目尻を下げている顔が容易に浮かんで、小松、秋人、円生は、半ば呆れた様子で肩をすくめる。

「――こんにちは、寺町三条のホームズさん」

葵の後ろから、別の女性の声が聞こえてきた。どうやら葵は、誰かを連れてきたようだ。

聞き覚えのない声に、小松と円生は『誰だ？』と眉根《まゆね》を寄せる。

「ああ、これは珍しいお客様ですね」

「イーリンさんが、ホームズさんを訪ねてきまして……」

葵が連れてきた女性は、『イーリン』という名前らしい。外国人だろうか？

「では、私はこれで……」

葵は、そのまま立ち去ろうとしていた。

次の瞬間、清貴の焦った声が響く。

「あ、いえ、葵さん、せっかくですから、コーヒーくらい飲んでいきませんか？」

すると、イーリンが「ええ」と同意する。

「ぜひ、あなたにもいてもらいたいわ、葵さん」

二人からの申し出に、

「それじゃあ、少しだけ」

と、葵は遠慮がちな声でそう言った。

2

「――どうぞ」

清貴が引き戸を開け、葵が事務所兼相談室に姿を現わした。

彼の周りは、花が舞っているかのような、華やかな雰囲気になっていた。

「よう、嬢ちゃん、久しぶり」

小松は葵に向かって片手を上げ、続いて「どうも」と口にしながら入ってきたイーリンに視線を移して、絶句した。

「うっわ、めちゃくちゃ美人」

素直な秋人が、露骨な言葉を口にする。

小松は、同感、と強く頷いた。

艶やかなストレートの黒髪、切れ長の大きな瞳《ひとみ》、白い肌を持つ美人だ。

どこかで見たことがある気がするのは、もしかしたら彼女も秋人のように芸能関係者なのだろうか？

小松と秋人が、イーリンに目を奪われている傍らで、清貴はその美女に目もくれず、葵を前に嬉しそうに目を弓なりに細めている。相変わらずだ。

きっと円生も、そんな清貴を見て呆れているだろう。

小松は確認するように円生に視線を送るが、意外にも、円生は清貴にもイーリンにもあまり興味を示さず、葵を目だけで追っていた。

「…………？」

もしかして、と何度か思ったが、円生は本当に葵に気があるのだろうか？

ということは、清貴と円生は、同じ女を巡って争う恋敵ということか？

だから、仲が悪かったのか？

小松はそんな想いを胸に、ごくりと喉《のど》を鳴らして、今度は葵に目を向ける。

「小松さん、お久しぶりです。秋人さんも来ていたんですね」

にこやかにそう話す葵は、相変わらずのほほんとした雰囲気だ。

葵は、たしかに可愛らしい。つぶらな瞳はとても澄んでいて、ちょこんとした様子は、どこか癒される。

動物に譬《たと》えるなら、高山で岩陰からひょっこりと顔を出した真っ白なオコジョのようだ。

だが、この強烈な男二人が奪い合うような女性にはとても見えない。

黒豹と虎がオコジョを奪い合う様子が頭に浮かび、まさかな、と小松は小さく笑った。

「どうぞ、おかけください」

小松は腰を上げて手を伸ばし、着席を促す。

葵とイーリンは会釈しながら、秋人の向かい側に並んで座り、小松は自分のデスクについた。

「今、コーヒーの用意をしますので、少々お待ちくださいね」

そう言って、清貴はキッチンに入っていった。

この決して広くない事務所に、若く華やかな男女がひしめき合っている。

あまりに眩しい光景に、小松は思わず目を細めた。

自分一人で仕事していた時とは、大違いだ。

あの頃は、この事務所は書類や本が山積みとなっていて薄汚れていた。

事務所への来客などほとんどなく、依頼者とはすべてネットを介してのやり取り。

ソファーセットは、もはや飾りと化していたのだ。

「あんちゃんの吸引力、すげぇな」

小松はデスクから皆の様子を窺《うかが》いながら小声で洩らして、頬を引きつらせた。

3

清貴が皆の前にコーヒーを並べると、イーリンはぺこりと頭を下げた。

「ご挨拶が遅れてごめんなさい。私はジウ・イーリンと申します。上海《シャンハイ》出身の中国人です」

その言葉に、秋人は「へー、日本語上手《うま》いね」と感心したように言う。

小松は彼女の名前を聞いて、飲みかけのコーヒーを噴くくらいに驚き、むせた。

ごほごほと咳《せ》き込む小松に、秋人は顔をしかめる。

「なんだよ、小松さん、イーリンちゃんがあんまり美人で緊張してるんすか？」

「お、驚いたんだよ。ジウ・イーリンって、もしかして、ジウ・ジーフェイの娘の？」

どこかで見たことがあると思ったんだ、と小松は拳《こぶし》を握る。

どこかで目にしたのか正確には覚えていないが、おそらく雑誌等で父のジウ・ジーフェイと一緒に写るイーリンの姿を目にしたことがあったのだろう。

世界的富豪、ジウ・ジーフェイの名は、経済界に詳しくなくても知っている者が多い。

秋人と円生も、えっ、と目を見開く。

イーリンは、「はい」と頷いた。

「えっ、あの、超金持ちで有名な？」

すげえ、と声を上げる秋人に、イーリンは弱ったように肩をすくめる。

「有名なのは父で、私は何もすごくはないです」

おや、結構良い子じゃないか、と小松が感心していると、

「そら、そやな。あんたは、たまたまええとこに生まれたってだけ。ラッキーなだけや」

円生は、鼻で嗤《わら》うように言う。

「！」

そんなことを面と向かって言われたのは初めてなのか、イーリンは一瞬カッと顔を赤くさせた。

やはり円生は、富裕層の人間に対するコンプレックスを強く持っているのだろう。彼の清貴への反発も、そうした部分が大きいのかもしれない。

「ほらほら、円生、僻《ひが》むなよぉ」

今度は秋人に無遠慮な言葉をぶつけられて、円生は舌打ちをし、清貴の方を向く。

「せやけど、そんなスーパーお嬢様に頼られるなんて、ホームズはんはほんまにすごいんやなぁ」

嫌味を続ける円生に、清貴は小さく息をついた。

「円生、お客様に失礼ですよ。すみません、イーリンさん」

「ううん、大丈夫よ。そして私のことは、『イーリン』でいいわ。私もあなたのことを『ホームズくん』って呼ばせてもらうから」

清貴は、分かりました、と秋人の隣に腰を下ろし、葵と並んで正面に座るイーリンを見た。

「それで、僕に何か？　もしかして菊川史郎と何か？」

するとイーリンは、露骨に嫌悪の表情を浮かべる。

「あの男の話はもうやめて。あの件以来、縁を切ったわ」

清貴と葵は、えっ、と目を瞬《またた》かせる。

「あれから、父のことも利用しようとしていたことが分かったのよ。今となっては、どこにいるかも分からないわ」

「それは賢明ですね」と清貴は頷く。

「ホームズくん、今回、あなたに依頼したいのは、鑑定の仕事よ」

「鑑定の？」

その言葉に、清貴の目に光が射したのが見て取れた。

葵も、その言葉が意外だったようで、驚きの表情を見せた。

「イーリンさんは、『鑑定士』としてのホームズさんにご用だったんですか？」

葵の問いに、イーリンは「ええ」と頷く。

「今度、父が美術展示会を開くことになったのよ。父は、バブル期に一気に富豪にのし上がった、いわゆる日本語で言うところの『成金』でね。そんな父の成功を、称賛する者もいれば、一部の市民にはとても嫌われていて……」

話を聞きながら、分かる気がする、と小松、秋人、円生の三人は頷く。

「父は、本邸のある上海市民の心を掴《つか》みたいと、上海博物館でイベントをすることを考えたの。それが、世界中の宝を集めて展示する『世界至極の美術展』という企画よ。今準備期間なんだけど、中には贋作《がんさく》も届いているそうで……展示会が始まってから、贋作を展示していた、なんてことになったら、父の評判に関わるのよ」

そう話すイーリンに、清貴は胸に手を当てて、そっと首を傾けた。

「世界中の宝が集まる素晴らしい展示会の鑑定士に僕を？　自分を卑下《ひげ》するつもりはありませんが、僕は若輩です。僕でよろしいのでしょうか？」

「鑑定士は、各国から専門家を呼びたいということで、スタッフの調査の結果、西日本では、家頭誠司《せいじ》、柳原茂敏《やなぎはらしげとし》の名前が挙がったわ」

柳原茂敏と聞いて、円生の口角が微かに上がった。

自分の師匠の名が出て嬉しいのだろう。

「早速、二人に依頼をしたところ、柳原先生は引き受けてくれたんだけど、家頭先生は、『わしではなく、ぜひ、弟子の孫に。わしと同じだけの目を持っている』と言ったのよ。その弟子の孫は、私と面識のあるあなただった。ちょうど私も日本にいたし、こうして直接、お願いに伺《うかが》ったというわけ」

イーリンの話を聞きながら、「マジで日本語上手いな」と秋人はひたすら感心し、

「そうですか、祖父が僕を……」

当の清貴は、どこか腑《ふ》に落ちないような表情で顔をしかめる。

「ホームズさん、どうかしました？」

葵が不思議そうに訊ねると、清貴は組んでいた腕を外して、笑みを見せた。

「祖父はこういう、規模が大きく華やかな催《もよお》しが好きなんですよ。ですので、それを断って、僕を指名したのが意外でして……。もしかして体調がすぐれないのではないかと。思えば、しばらく顔を見ていないんですよね」

少し心配そうに言う清貴に、葵は納得したように首を縦に振る。

「オーナーの体調を心配していたんですね。店長は昨日オーナーに会ったそうですけど、相変わらず元気だった、と言ってましたよ。きっと後継者であるホームズさんに良い経験を、と思ったんじゃないでしょうか」

「そうですか。それなら良いのですが……」

清貴は、ホッとしたように言いながらも、まだどこかで納得できていない様子だ。

イーリンは「それでね」とスマホのスケジュールアプリを開き、カレンダーを指した。

「本当に急で申し訳ないけれど、期間は、この日から二週間ほどお願いしたいの」

出発は、今から三日後だった。

本当に急なんですねぇ、と興味深そうな様子を見せている葵に、イーリンが微笑みながら視線を合わせる。

「もし良かったら、葵さんも一緒に」

すると葵は、ほんのり頬を赤らめて、肩をすくめた。

「そのお申し出は、とても嬉しいんですが、実は、同じ時期にニューヨークに行く予定が入ってまして……」

「そう、残念ね」

小松は話を聞きながら、そうだったな、と相槌をうつ。

葵は同じ頃、世界的権威の女性キュレーターに招かれて、渡米するのだ。

「たしか、三泊五日の強行だったとか」

葵は、いえ、と苦笑しながら、首を振った。

「最初はあまり学校を休むのは気が引けて三泊五日を予定していたんですが、先方から、それでは時間が足りなすぎるからと申し出があったので、結局、移動日含めて十日間行くことになったんです」

「そうか、片道十何時間もかかるところだし、せっかくならそのくらいの期間があった方がいいよな」

「ほんまに気を付けるんやで」

と、円生がぽつりと言う。

葵は微笑んで、はい、と頷いた。

「それじゃあ、上海へはホームズくんだけね。ファーストクラスに最高のホテルを用意するわ。ホテルはどこがいいかしら、やっぱり日本人だから森ビル？　上海タワーを見下ろせる素敵な部屋を用意するわよ」

そう話すイーリンに、円生は、やれやれ、と息をついている。清貴は少し考え込むようにして、やがて顔を上げた。

「ファーストクラスもラグジュアリーな部屋の用意もいりませんので、僕の仮弟子も一緒に連れて行ってもよろしいでしょうか？」

そう言った清貴に、円生は弾かれたように顔を上げる。

「カリデシって何かしら……その日本語は分からないわ」

「柳原先生の弟子を今、預かっていまして、そこにいるさっきの失礼な男——円生というのですが、彼も同行させてもらっても良いですか？　無礼ですが、優秀なんです」

イーリンは、円生の方を見て、小刻みに相槌をうつ。

「ええ、構わないわ。なんなら、二人とも最高の待遇を用意するけど……」

そう言いかけたイーリンに、小松が「いえっ！」とデスクに手を置いて、立ち上がった。

「この若い二人にそこまで贅沢《ぜいたく》はいりません。飛行機はエコノミー、ホテルの部屋もごく普通のところでお願いします！」

イーリンは、目をぱちりと開き、葵に耳打ちをする。

「あの人は、ホームズくんのお父さんかしら？」

葵は、違います、と首を振る。

「ここの所長さんです」

「イーリンちゃん、多分、小松さんはホームズと円生が羨《うらや》ましくて言ったんだよ」

くっくと笑う秋人に、小松の頬が熱くなった。

あら、とイーリンは、小松に顔を向けた。

「それなら、所長さんも一緒に」

「いやいやいや、俺はここでの仕事があるので、結構です」

小松は、首がもげるほどに横に振る。

これでは、本当に羨ましくて茶々を入れたみたいじゃないか、と小松はばつの悪さに頭を掻《か》いた。

イーリンは、そんな小松の心を見抜いたかのように、ふふっ、と笑う。

「それじゃあ、後日、ここに必要書類を届けるようにするわね。ホームズくん、円生さん、小松さんの分をお届けするので、よろしくお願いいたします」

「や、あの、俺は」

慌てる小松に、「必要なかったら、送り返してください」とイーリンは帰り支度《じたく》をしながら言う。

「イーリンさん、良かったら、駅まで案内しますよ」

葵の申し出に、「ううん」とイーリンは首を振った。

「せっかくだから、祇園を観光したいと思ってるの。だから、ここで結構よ」

イーリンは皆に見送られ、「またね」と爽《さわ》やかに『小松探偵事務所』を後にした。

葵がニューヨークに行く前に、清貴、小松、円生が上海に行くことに決まった。

予想もしなかった展開に、マジかよ、と小松はつぶやいて、椅子《いす》の背もたれに体重をかける。

自然と頬が緩《ゆる》むのを感じて、小松は頭《かぶり》を振って、パソコンに向き合った。

序章『まるたけえびすに、気を付けて』

1

ジウ・イーリンが『せっかくだから祇園を観光したいと思って』と礼を言って部屋を出て行き、少し経った頃。

梶原秋人の『客人』が、小松探偵事務所を訪れた。

「こんにちはっ」

元気いっぱいに声を上げたのは、二人の少女だ。

「おう、待ってたぞ。迷わなかったか？」

そう問う秋人に、二人は「大丈夫です」とにこやかに答える。

小柄なため、『少女』に見えたが、実際には二十歳前後だろうか。

「はじめましてっ」

颯爽《さっそう》と前に出た彼女たちを前に、事務所にいた清貴、葵、円生、小松は、ぽかんとする。

「秋人さんと同じ事務所で後輩の『紅子《べにこ》』です！」

艶やかな黒髪のおかっぱが印象的で、ミステリアスな雰囲気を持つ美女が言う。

「同じく後輩の『桜子《さくらこ》』です！」

続けてウェーブヘアのセミロング、童顔で可愛らしい子が、甘ったるい声で挨拶をした。

そのあとに二人は、サッとポーズを取る。

「二人揃って――『紅桜《べにさくら》』です！　よろしくお願いいたします」

そう声を揃えると、二人は深く頭を下げた。

「可愛い……」

そう洩らした葵の言葉に同調するように、清貴と小松はにこやかに相槌をうつも、円生だけは失笑している。

「いきなり、そのポーズはなんやねん」

そんな円生の不躾《ぶしつけ》な言葉にも、二人は「私たちの決めポーズなんです」と笑っている。

まー、そう言うなよ、と秋人も笑う。

「この子たちは、同じ事務所の後輩。アイドルでマルチタレントなんだ。俺にとって大切な妹分つーか」

紅桜は、よろしくお願いいたします、と再び頭を下げた。

「で、こいつは親友のホームズっていうんだ」

と、秋人はいつものように言う。

「ホームズ？」

不思議そうにする二人に、

「家頭清貴と申します。家に頭と書いて家頭なので、ホームズというあだ名がついたんですよ。はじめまして」

清貴はそう言って、柔らかく目を細める。

「……っ！」

そんな清貴を前に、紅桜は揃って頬を赤らめた。

「なんだよ、二人揃ってモジモジと。ここに本物のイケメンがいるのに」

面白くなさそうに言う秋人に、二人は「すみません」と言いながら、ぷぷっと笑う。

「ちなみに、隣にいるのが葵ちゃん。ホームズの彼女だ」

秋人に紹介された葵は、「真城葵です」と頭を下げる。

「秋人さん、葵さんは彼女というより、僕の婚約者ですよ」

すかさずそう付け加えた清貴に、秋人は「ああ、そうでした」と大袈裟《おおげさ》に肩をすくめ、
葵と紅桜の二人は頬を赤らめた。

「ところで、ここに来られたのは?」

そう問うた清貴に、秋人は、実は、と紅桜の二人に視線を送る。

「ホームズ、頼む。この子たちの相談に乗ってほしいんだ」

「僕が、彼女たちの?」

アイドルの相談に乗れることなどあるのだろうか、という表情の清貴に、彼女たちは、
お願いします! と再び頭を下げる。

「とりあえず、おかけください。コーヒーは飲めますか? 紅茶のご用意もできますよ」

「ありがとうございます、私はコーヒーを、ブラックで飲めます」

「私はミルクとお砂糖がほしいです……」

紅子と桜子がそう答える。

清貴は、かしこまりました、とキッチンへ向かう。

紅桜の二人はソファーに並んで座り、秋人はその対面に腰を下ろした。

2

「それで、どのようなご相談でしょうか?」

コーヒーの準備ができた清貴は、葵の隣に腰を下ろして訊ねた。

向かい側には、紅桜の二人と秋人が三人並んで座っている。

小松と円生は、自分のデスクに着いて、その様子を窺っていた。

……アイドルと男前が向かい合って座っている。

小松はその様子を眺めながら、まるでドラマを観《み》ているようだな、と頬を緩ませた。

芸能人の中にいてもちっとも見劣りしていない清貴の姿に、小松はなぜか誇らしげな気分にもなる。

清貴の隣に座る葵は興味津々という様子であり、その一方でデスクにいる円生はというと興味なさそうに頬杖をついていた。だが、ああ見えて、しっかり観察していることを小松は知っている。

その証拠に秋人が、「それがよ」と口を開こうとしたその刹那、「俳優はん」と円生が口を開いた。

「ここは、『探偵事務所』なんやで。ここでホームズはん含む俺らが、あんたらの依頼を引き受けるてことは、ギャラが発生するんやで？」

分かってるのか、と少し意地悪く言う円生に、秋人は強い眼差しで頷く。

「構わねぇよ。ギャラは俺が支払うし」

そんな秋人に、紅桜は「秋人さん」と目を潤ませる。

「良い先輩ですね」

清貴がにこやかに言うと、秋人は「まーな」と悪びれもしない。

「それに、今回は相談だけだし、ギャラもしれてるだろ」

「まぁ、相談だけでしたら……。で、一体何が？」

紅桜に視線を移して優しく問う。

実は……、と口を開いたのは、紅子だ。

どうやら彼女の方が、主導権を握っているようだ。

「――私たちは今、京都旅行に来ているんです。それは、今度、秋人さんが主演する『京《きょう》日和事件簿《びよりじけんぼ》』に出演するための下準備でもあって……」

その言葉に清貴は、ぱちりと目を見開き、秋人を見た。

「『京日和事件簿』？」

秋人は頭の後ろに手を組んだまま、ああ、と頷く。

「俺の京都紹介番組『京日和』を二時間サスペンスドラマにしようってことになって、主演はまんま俺『梶原秋人』なんだ。京都の町を紹介しつつ、事件が起こるっつー王道サスペンスなんだけど、それに紅桜の二人がゲスト出演するという話になって。二人が撮影前に京都観光をしたいっつーから、昨日俺が案内したんだよ」

　そう話す秋人に、葵は目を輝かせた。

「すごく面白そうですね」

「だろ？」

「はい、母が観光サスペンスが好きで、よく一緒に観てるんですよ。『京日和』がサスペンスドラマになるなんて、わくわくします」

「葵ちゃん、分かってるなぁ」

　秋人は嬉しそうに言ったあと、

「でも、とんでもないことが起こったんだよ……」

　そう続けて真剣な目を向ける。

「はい、そうなんです」

　神妙な表情で頷く紅桜の二人に、皆は、黙って耳を傾けた。

　アイドルというから、ファンがストーカー化して、トラブルでも起こしたのだろうか？

　小松はそんな予測を立てていたが、内容はまるで違っていた。

「休暇をもらった私たちは、二人揃って京都に来ました。今度、京都が舞台のドラマに出演するので、一度ゆっくり京都を観光がてら、下見をしたかったからです。そうしたら、事務所の先輩である秋人さんが、案内してくれると申し出てくれまして――」

＊

――それは、昨日のこと。

京都に到着した紅子と桜子は、大張り切りで、最初の目的地へと向かっていた。

そこは事務所の先輩である梶原秋人が、おすすめだという神社だ。秋人とはその境内《けいだい》で待ち合わせをしていた。

四条大宮《しじょうおおみや》駅から通称・嵐電《らんでん》に乗って、目的の神社へと向かう。

駅に着くと、すぐ目の前に鳥居があり、二人はアクセスの良さに驚いた。

『秋人さんも言ってたけど、私たちがまず詣るべきは、やっぱり芸事にご利益《りやく》のある神社よね』

紅子は鳥居を見上げたまましみじみ言う。

鳥居には『開運招福』という文字が記され、横の石碑には、その神社の名が刻まれている。

『……くるまおり神社？』

小首を傾《かし》げる桜子に、紅子は首を振った。

『「くるまざき」と読むんだって』

紅桜が京都に来て最初に訪れたのは、右京区嵯峨《うきょうくさが》にある『車折神社《くるまざき》』だった。

二人は鳥居を前に一礼して、境内の中に足を踏み入れる。

入口の鳥居こそ古めかしい石造りだったが、境内に入ると鮮やかな朱色な玉垣《たまがき》が連なり、とても華やかな雰囲気だ。

朱い玉垣に誘導されるように二人は奥へと進む。玉垣には、多くの名の知れた芸能人の名前が記されていて、その様子は圧巻だ。

『すごい、知ってる名前ばかり』

『あっ、宮崎千穂《みやざきちほ》さんの名前もある』

宮崎千穂とは、今度、共演をする予定の女優であり、紅桜にとって大先輩だ。

最近、若手弁護士と婚約したことでも知られている。公私ともに充実している彼女は、二人にとって憧れの存在だった。

『私たちも宮崎千穂さんみたいになりたいね。芸能界で成功して、弁護士と婚約なんて夢のコース！』

桜子は力強く言って、拳を握る。

紅子が、そうだね、と頷いていると、

『おう、紅桜』

横から聞き慣れた声がした。

顔を向けると、秋人が笑みを浮かべて、片手を上げている。

『きゃーん、秋人先輩。おはようございますっ！』

『今日はありがとうございます！』

紅子と桜子は、はしゃぎながら秋人の許《もと》に駆け寄る。

『参拝は済んだか？』

『いいえ、これからなんです』

『そんなら良かった。ここでは、願いが叶う石──「祈念神石《きねんしんせき》」が入った御守が売ってるんだ。なんでも、それを手に挟んで参拝するといいらしい』

『わっ、絶対欲しいです』

『おう、買ってやりたいとこなんだけど、御守《おまもり》やお賽銭《さいせん》、お札《ふだ》は自分でお金を払って買ってこそ、ご利益があるんだってよ』

紅子と桜子は『そもそも買ってもらうなんて思ってないですよぉ』と笑いながら、首と手を振る。やはり京都の観光番組に出演していると詳しくなるのだろう、と秋人の豆知識に感心もしていた。

だが、なんのことはない、実はすべて清貴の受け売りだった。

二人は社務所の受付で「祈念神石」を受け取ると、嬉々《きき》として本殿へ向かう。

『でも、どうして、ここが芸事にご利益があるんだろう？』

桜子が独り言のように洩らすと、秋人が人差し指を立ててさらさらと説明を始めた。

『天照大御神《あまてらすおおみかみ》が天の岩戸に籠《こも》ってしまった時に、岩戸の前で舞を舞って、皆を楽しませて天照大御神を外に出した、天宇受売命《あめのうずめのみこと》という神様が、ここに祀られているんだってよ。芸能、つまりはエンタメの神様なんだ。だから芸能人や芸術家、文筆家もここに参拝に来るんだよ』

『わっ、秋人先輩、すごいです』

『たしか、まだ「京日和」にこの神社は出てないですよね？』

『まー、いつかテレビで紹介することもあるだろうと思って、前に親友と下見に来たことがあってよ……』

紅子と桜子は、へぇええ、と感心した様子を見せる。

『秋人先輩の親友って、どんな方なんですか？』

『まー、変人かな』

『えっ、変人なんですか？』

『でもムカつくことにイケメンなんだよ。俺ほどじゃないけど』

三人は手水舎《ちょうずや》で手と口を清めると、本殿を前に並ぶ。しっかりと「祈念神石」を手に挟んで参拝した。

そのあと、境内にある他の神社、『芸能《げいのう》神社』に向かう。

まだ新しさを感じさせる石碑に刻まれた『芸能神社』という文字に、紅桜の二人は興味深げに息をついた。

『すごい、名前もそのまま』

『本当、「芸能神社」なんてね』

『ご利益ありそうだろ？』

にっ、と笑う秋人に、二人は『はいっ』と微笑む。

三人は「芸能神社」を熱心に詣る。

『じゃあ、次の神社に行くか』と、神社の駐車場に向かう。

駐車場には、秋人の黒いＳＵＶ車が停まっていた。

『さっ、乗れよ』

秋人は運転席に乗り込み、紅桜の二人は揃って後部座席に並んだ。

桜子は一瞬、助手席に乗りかけたが、『マスコミに誤解されたら秋人さんが困るでしょう』と、紅子がそれを制したのだ。

『よーし、今日は「芸事と商売にご利益のある神社」詣りだ！』

そう言った秋人に、二人は、わーっ、と拍手をする。

秋人の計画はこうだった。

①車折神社（芸事）→②伏見稲荷大社《ふしみいなりたいしゃ》（商売）→③新熊野《いまくまの》神社（芸事）→④白雲《しらくも》神社（芸事）→⑤御金《みかね》神社（金運）。ちなみに（　）内は、自分たちが特にあやかりたいご利益だ。

その計画に沿って三人は「車折神社」を後にし、「伏見稲荷大社」に向かった。

紅桜の二人は、「伏見稲荷大社」は初めてだった。

賑やかな境内を進んでいく。狐《きつね》の顔の煎餅《せんべい》をお土産に買い、参道の雀《すずめ》の丸焼きに目を丸くしながら歩いた。

やがて迎えた狛狐に圧倒され、テレビや雑誌で何度も見たことがある千本鳥居を前にした時は、言葉が出なかった。

多くの観光客は、秋人を見ては『うそ、梶原秋人だ』と振り返る。

だが、アイドルの紅桜も一緒だったため、撮影中と思われたようだ。遠巻きに眺めるだけで、話しかけてくることはなかった。

「伏見稲荷大社」のあとは、「新熊野神社」だ。

この神社は、後白河《ごしらかわ》上皇が平清盛《たいらのきよもり》らに命じて建てさせたという由緒があり、能楽発祥の地であることから、芸事上達にご利益があるそうだ。

瓦《かわら》に八咫烏《やたがらす》があり、本坪鈴《ほんつぼすず》がまるで鈴祓《すずはら》いのように小さく、しゃららん、と音を立てる。

社の裏側には、『熊野古道散策』を疑似体験できるぷちルートなどもあり、三人はきゃいきゃいと楽しみながら、そこを歩いた。

次に「白雲神社」に向かう。

「白雲神社」は、御所（京都御苑）内にある神社だ。

ご祭神は、市杵島姫《いちきしまひめ》命（別名・妙音弁財天《みょうおんべんざいてん》）、「京の弁天さん」とも呼ばれているそうだ。

『弁財天様は、とても美しくて、財宝を司《つかさど》る神様なんだってよ。だから、芸能や金運にご利益があるそうだ』

秋人はガイドブック片手に言う。

紅子と桜子は『ありがたすぎますね！』と喜ぶ。

小さな神社だが、御所内にあるからだろうか、とても厳《おごそ》かな雰囲気に、三人は背筋を正す気持ちになりながら参拝をした。

最後に金運神社として誉れの高い「御金神社」に向かおうということになった。

車を駐車場に停めて三人が御池《おいけ》通を歩いていると、道の向こう側からとても美しい女性が歩いてくる姿が目に入った。年齢は三十代半ば。

女性の傍らには中年男が二人、付き添うように歩いている。

よく見ると、その女性は、ちょうど「車折神社」で話題にしていた、今度共演する予定の憧れの女性・宮崎千穂だった。

彼女の隣にいるのは、三人も知っているプロデューサーの押尾《おしお》と、有名なカメラマンの角野《かどの》だった。

もしかしたら、御金神社でロケをしていたのかもしれない。

『ちわっす』

『お疲れ様ですっ!』

秋人と紅桜が頭を下げると、宮崎千穂は驚いた様子を見せた。

『あら、秋人君に……あなたたちだったのね。京都に来ていたの?』

おそらく、彼女は「紅桜」の名前が出てこなかったようだ。

『そうなんすよ。二人を案内してて』

そう言う秋人に、はい、と紅桜が答える。

『もうすぐ撮影ね。よろしく』

と、彼女は女神のように微笑む。

『こちらこそ、よろしくお願いいたします』

秋人が頭を下げる横で、

『宮崎さんと共演できるなんて夢のようです』

『今から緊張しちゃってます』

興奮気味に言う紅桜の二人に、宮崎千穂は、あらあら、と愉しげに笑う。

しかし次の瞬間、周囲を気にするようにしたあと、そっと紅桜の二人に顔を近付けた。

『まるたけえびすに、気を付けて……ね』

小声でそう告げて真剣な眼差しを見せた宮崎千穂に、えっ？　と紅桜は目を瞬かせる。

どういうことだろう、と二人が戸惑《とまど》っていると、彼女は「それじゃあね」と、御池通にやってきた黒い車に乗り込んでしまった。

運転席にいたのは、彼女のマネージャーだった。

三人は走り去る車に手を振って見送りながら、揃って小首を傾げる。

『なぁ、千穂さん、何て言ってたんだ？』

『「まるたけえびすに気を付けて」と言ったんです』

『それって、たしか、京都の通り歌？』

『ああ、♪まるたけえびすにおしおいけ♪って歌だ』

三人は、うーん、と首を捻《ひね》る。

『ま、それより、御金神社に行こうぜ。金ぴかの鳥居に金ぴかの境内、マジでサイコーだから』

『わっ、楽しみです』

『福財布《ふくさいふ》が有名ですよね』

福財布とは、御金神社の境内で売られている評判の財布だ。黄色に近い橙色《だいだいいろ》の布地で、表には『福』の文字、開くと金箔《きんぱく》押しの『金』のマークが入っている。

そこに、購入した宝くじや証券などを入れておくと良いらしい。

三人は弾んだ足取りで、「御金神社」に向かった。

秋人が言っていた通り、黄金の鳥居、輝くばかりの境内に紅桜は目を輝かせる。

――そうしているうちに、先程の宮崎千穂の謎の言葉のことは、すっかり忘れてしまっていた。

だが、とんでもないことが起こってしまったのだ。それは翌日――今日のことだった。

関係者と家族のたっての希望で今はまだ公にはなっていないが、今朝、宮崎千穂が鴨川の河川敷で亡くなっていたのだ。

今、警察は殺人事件として捜査しているらしい――。

＊

「――え、そんなことが？」

彼女たちの話が終わり、すべてを聞いた葵は、信じられない、と目を大きく見開きながら口に手を当てている。

マジかよ、と小松は額を押さえた。

小松は、芸能界に疎《うと》いため宮崎千穂という女優は知らない（正直に言うと紅桜も知らなかった）。

だが、女優が鴨川沿いで不審死を遂げていたとなれば、いくら関係者が隠したがったとしても、ニュースになるのではないか？

動揺する葵と小松だったが、清貴も円生も平静なままだ。

「……それは、今度出演する『京日和』サスペンスドラマの内容でしょうか？」

そう問うた清貴に、紅桜は、「あー」と残念そうな声を上げる。

「そんなに簡単にバレちゃいます？」

と、紅桜の二人は肩をすくめる。

「ドラマの内容だったんですね……」

葵は良かった、と胸に手を当てて、隣に座る清貴を見た。

「ホームズさんは、すぐに分かったんですね？」

「ええ、そんな大きな事件が起こったら、やはりニュースになるでしょうし、そうじゃなくても、二人に悲壮感や緊迫感はない。紅子さんも桜子さんも愉しげでしたしね。もし今の話が事実なら、軽いサイコパスですよ。それに、最初、秋人さんは、『この子たちの相談に乗ってほしいんだ』と言いました。もし今の話が真実だったら、紅桜の問題ではなく、秋人さん自身の問題でしょう」

いつものように平然と言う清貴に、秋人と紅桜は「うっ」と呻《うめ》いた。

「やっぱり、もっと演技力を身に付けないと……はい、そうなんです。これは、これから作られる二時間サスペンスドラマのストーリーなんです」

「ドラマでは、二人組のアイドルが秋人さんの案内で京都観光をしたあとで、宮崎千穂という女優が鴨川沿いで死んでいるのが発見されるところから事件がスタートするんですよ」

つまり『宮崎千穂』という女優は、ドラマの中に登場する架空《かくう》の存在ということだ。

清貴を騙《だま》せずにがっかりした様子の紅桜に、秋人はくっくと笑う。

「やっぱ、引っかからなかったなぁ。そんなに落ち込むなよ。もし、抜群の演技力を身に付けても、ホームズは絶対に騙せねぇから」

その言葉に、二人は少し救われた表情になった。

「ところで、今、話に出た神社は、実際にドラマに使われるのでしょうか？」

そう問うた清貴に、二人は「その予定です」と頷く。

「それに、昨日、秋人さんに下見をしようと案内してもらったのは本当のことです」

「私たち、本当に下見をしたいと思ったので」

紅桜の話に、清貴は、そうでしたか、と頷く。

「それは楽しみですね。僕も大好きな神社ばかりです」

「私は、車折神社に行ったことがなかったので気になりました」と葵。

「今度、行きましょうか」

「嬉しいです」

そんなにこやかな二人の背後で、円生が苛立った様子で小さく舌打ちをした。

「――ほんで、結局、なんやねん」

円生の迫力に紅桜はびくんと体を震わせたが、秋人は「悪ぃ」といつもの調子で片手を上げる。

「本題はここからなんだ」

その言葉に、「えっ、今から本題なのか」と小松の口から素っ頓狂《すとんきょう》な声が出た。

紅子が、はい、と申し訳なさそうに身を小さくさせる。

「前置きが長くてすみません。下見をして張り切っている私たちですが、実はまだ出演が決まったわけじゃなく、オーディション段階なんです。でも、私たちは最終選考まで進んでいまして、そこで今、私が話した部分までの脚本をいただきました。御池通で女優さんとすれ違い、『まるたけえびすに、気を付けて』と言われて、翌日に死体が発見される、という部分までです」

「作中の女優さんが告げた『まるたけえびすに、気を付けて』という言葉は、犯人ではないけれど、重要参考人を指しているそうなんです。『それは一体誰を指しているのか、その謎を解いて伝える』という問題を、最終選考の課題として監督が出してきたんです。それで、私たち、ずっと考えたんですが、どうしても分からなくて」

紅子と桜子は順に言って肩をすくめる。

その話を聞いて、小松は顔をしかめる。

「それであんちゃんに訊《き》くって、それじゃあ、カンニングだろ？」

すると紅子が「ですが」と首を振った。

「監督は、『自分たちだけで謎を解け』とは一言も言ってないんです」

続いて桜子もムキになったように前のめりになる。

「それに、最終選考にはもう一組のアイドルが残っているんですけど、彼女たちは脚本家の仕事場を訪ねて、女の武器を使って聞き出したりしていて、許せない……っ」

「桜子！」

紅子が即座に彼女の発言を遮《さえぎ》る。桜子は口を滑らせたとばかりに、俯いた。

紅子は小さく息をついて、顔を上げた。

「……失礼しました。私は、自分たちにどうしてもできないことがあった際、得意な方のお知恵やお力を借りる。それは決して悪いことではないと思うんです」

強い口調で言った紅子に、清貴は、そうですね、と頷く。

「それは僕も同意見です。何もかも自分でやる必要はない。自分の不得手な部分を得手な者が補う。そうやって補い合っていく方が、世の中が上手く回るのでは、と思うことがあります」

その言葉に、紅子はホッとした表情を見せた。

「ですが、僕の見解を告げる前に、お二人の考えを聞いても良いですか？」

にこやかに問う清貴に、二人は、はい、と頷き、まず桜子が口を開いた。

「ええとですね、宮崎千穂という女優さんに関わる人間は、婚約者の弁護士、運転していたマネージャー、プロデューサーの押尾さん、カメラマンの角野さんです。『まるたけえびすに気を付けて』の『まるたけえびす』は通りの名、道のことですよね？　だから『運転手に気を付けろ』ってことかなと思いました。つまり、重要参考人は、運転手を務めていた宮崎千穂のマネージャーなのかなって」

小松は、ううむ、と顔をしかめる。

次に紅子が答えた。

「私は地図を見て調べたんです。『まるたけえびす』は、丸太町《まるたまち》通、竹屋町《たけやまち》通、夷川《えびすがわ》通のことです。この三本の通りが綺麗《きれい》に揃っているのは、御所の南側でした。そして御所に近い『き』のつく一番大きな建物は『京都地方裁判所』だったんです。もし、その場所を指しているとしたら、宮崎千穂の婚約者の弁護士が重要参考人ではないかって」

紅子の見解に、ほお、と小松は洩らした。

清貴は、ふむ、と顎《あご》に手を当てる。

「ちなみに俺も考えたんだ」と、秋人が挙手する。

「あなたはどう思ったんですか？」

「『まるたけえびすに』の後に続くのは、『おしおいけ』。押尾というプロデューサーには近付くなってことかと思ったんだよ。で、重要参考人は押尾かと。単純だけどな」

その見解に小松は、もしかしたら、それもあり得るかもしれない、と腕を組む。

「皆さん、しっかり考えられていますね。それぞれの考えをそのまま監督にお伝えして良いと思いますよ」

と、清貴は微笑ましそうに目を細めた。

「なぁ、ホームズはどう思うんだ？」

「僕の見解も単純なものですよ」

「単純？」

「ええ、紅子さん、桜子さん、そんな単純な見解を聞きたいですか？」

と、清貴は、二人を見る。

えっ、と紅桜の二人は目を瞬かせた。

「監督が何を求めてそんな課題を出したのか僕には分かりません。単純に『正解』を求めているのか、あなた方の『個性』や『感性』を求めているのか……。クイズの解答者ならさておき、出演する女優に『正解』だけを求めるものでしょうか？　もし監督が求めているものが他にあるとするなら、僕の解答をそのまま伝えるのは逆効果になりますよ？」

清貴の言葉に、紅桜の二人は、ごくりと喉を鳴らす。

顔を見合わせて、どうしよう、という様子を見せていた。

このまま清貴の答えを聞くか、それともそれを耳に入れずに、自分たちの導き出した解答を監督に伝えるか、迷っているのだろう。

もし、落選してしまったら、どっちが後悔するのだろうか？　と、小松もつい、自分に置き換えて、考えてしまう。

しばし黙り込んでいた二人だが、再び顔を見合わせて、うん、と頷いた。

「——私たち、自分で考えた解答を監督にお伝えしようと思います」

「はい。受かっても落ちても、その方が、スッキリしそうですから」

そうですか、と清貴は頷く。

紅子と桜子は、すっくと立ち上がり、

「ありがとうございました！」

と、深々と頭を下げる。

そうして二人は、「早速、マネージャーに報告に行きます」と晴れ晴れとした顔で事務所を出て行った。

「『ホームズさん』ってカッコ良かったね」

「うん、素敵。彼女さんと仲良しで羨ましい」

外から、そんな二人の声も聞こえてきた。

「なんだよ、あいつら。こんな超イケメンの先輩をさしおして」

秋人は面白くなさそうに口を尖らせ、葵がくすくすと笑っている。

「なぁ、結局、ホームズの見解は？」

清貴は、ああ、と口角を上げた。

「『カメラマンの角野に気を付けろ』ということかと」

その解答に、秋人と葵は、「んん？」と眉根を寄せる。

「どうしてですか？」

「どうしてだ？」

と、葵と秋人、二人の声がほぼ同時に重なった。

「紅子さんは、『まるたけえびすに、気を付けて』の台詞が意味するのは、三本の通りと言っていましたが、実際は四本の通りなんです。『まる』は丸太町通、『たけ』は竹屋町通、『えびす』の夷川通に続いて、『に』は二条通のことです」

秋人と葵が、「あ、そうか」と頷く。

「そこに気を付けて、ですので『き』をつける。僕は『木』偏をつけてみることにしました。木偏に、四本の通りということですね。木偏に四という漢字はありませんが、その下に方角の『方』をつけた漢字はあるんです。通りは方向も示すので、不自然ではありません。そうするとこういう字になります」

清貴はポケットから手帳を取り出して、『楞』と書いて見せた。

「こんな漢字があるんだな」

「私も知らなかったです」

と秋人と葵は、その漢字に顔を近付ける。

「読み方は、『リョウ』『ロウ』、そして『かど』とも読めます」

「かど……」と、つぶやく葵。

「ええ。この字の意味は、『かど』や『かどばったもの』です。桜子さんも仰《おっしゃ》っていましたが、宮崎千穂という女優に関わる者は、婚約者の弁護士、運転していたマネージャー、プロデューサーの押尾、カメラマンの角野の四人。となると、『まるたけえびすに気を付けて』をあらわす言葉が『楞』という文字だとしたら、その字が示すのは名前に『かど』がある『角野』です。宮崎千穂は、御池通で偶然出会った今度共演するアイドルたちに、『角野には気を付けて』と伝えたかった。けれど本人が横にいたからストレートに言えず、暗号にして伝えた、という設定ではないかと思いまして」

清貴の解答に、葵と秋人と小松は、「おーっ」と声を上げて拍手をする。

「角野さんですね」

「あー、間違いねぇな、角野のことだ」

うんうん、と頷く葵と秋人。

その傍らで、円生が、呆れたように大きく息を吐き出す。

「しかし、ほんなら『あのカメラマンに気ぃつけや』って小声で耳打ちしたらええねん。なんでわざわざそないな暗号を……」

「それはもちろんそうですが、それは無粋《ぶすい》ではないかと……」

無粋ですか？　と、葵は小首を傾げる。

「ええ、フィクションの世界の出来事にいちいち真剣に取り合っていたら、エンターテインメントは生まれません。ミステリードラマの中で殺害現場に警察官の知り合いの探偵が来ていることや、医療ドラマで医師がありえない手技《しゅぎ》を使うこと、法律ドラマでとんでもない弁護士が破天荒《はてんこう》な振る舞いをすること、そうしたことに対して娯楽と割り切って突っ込む分には良いのですが、真剣になりすぎるのは無粋だと思うんです。所詮はフィクションです。エンターテインメントとして楽しむ、心の余裕があっても良いのではないでしょうか」

清貴の言葉に、葵は、たしかにそうですね、と相槌をうち、円生は決まり悪そうに目をそらす。

「ああ、ちなみに僕の解答ですが、監督が考えている正解かどうかは分かりませんよ」

するとと秋人は「いやいや」と首を振った。

「俺はそれが正解だと思うな。でも、どうして紅桜の心を揺さぶらせるようなことを言ったんだよ？　お前だって、人の力を借りることは良いことだって言ってただろ？」

「……彼女たちはライバルが禁じ手を使ったと知ったから、『自分たちも』と考えただけのことで、本来は人の力を借りず、真面目に自分たちだけで考えるタイプではないか、と思ったからです。そういうところが魅力だと感じられて、審査に進んでいた可能性もあります。だとするなら、最後に人から聞いた解答を持って行ったら逆効果ではないかと。ただ、それに対しての確証はないので、彼女たちに選んでもらうことにしました」

「真面目一直線な紅桜らしからぬ行動で正解を持って行ったら、ガッカリされる場合も考えられたわけだ」

なるほどなぁ、と秋人は腕を組んだ。

「ちなみに、秋人さんが彼女たちの立場でしたらどうなさいましたか？　彼女たちのように僕の解答を聞かずに帰りますか？　それとも僕の見解を聞きましたか？」

「もちろん、お前の見解を聞くよ」

あまりにあっさり答える秋人に、葵と清貴は意外そうな表情をした。

「……私、秋人さんなら、『自分の力でなんとかするから』と言うかと思いました」

そう言った葵に、清貴も、ええ、と頷く。

「僕も『お前の力には頼らない』というかと」

「え、お前の力も俺の力だと思ってるんだけど……」

秋人は真顔でそんなことを言う。

その言葉には清貴も、ぽかんとする。

「お前もよく知ってると思うけど、俺、元々、すげぇ学歴コンプレックスがあったんだ。親父が東大出身の弁護士で、『大学は東大以外認めない』ってタイプだった。優秀な兄貴は期待に応《こた》えて東大へ。弟はそこまでなれなかったけど、まぁ、そこそこ優秀だった。でも、俺だけ出来が悪くて、『俺は俺だ』と思いながら根っこの部分では気にしていたし、ふとした時に自分の出来の悪さに落ち込んでいたんだ」

秋人は懐かしげに言って、「けど」と清貴の方を向いた。

「お前と友達になって、それがなくなったんだ」

「……どうしてですか？」

「『どうがんばっても、俺はお前にはなれない』って気付いたことが最初かな。それに対してムカつくというより、『自分には、どんなにがんばっても決してなれないものがあるんだ』ってことを悟った。それぞれに役割があるっつーか」

秋人は話しながら、いつものように頭の後ろで手を組む。

「悟ったあとに、自分にそんなすげぇ友達がいることが嬉しくなった。俺は、お前の考えや力を借りることができる。それってもう、俺の一部じゃん」

だろ、と秋人は、屈託《くったく》なく笑う。

「俺のブレーンはお前だと思ったら、自分の出来の悪さとかコンプレックスとかなくなったんだよ。だから、もし、自分にはどうしても解けない課題があった時は、俺は迷わずにホームズの見解を聞く。そのことにためらいはない。それは、ホームズという友達がいる俺の力だと思ってる」

そう言って、秋人は清々《すがすが》しい顔を見せた。

そんな秋人を前に、清貴は何も言わない。その表情はどこか嬉しそうだ。

「なんだよ、黙り込んで」

「……あなたには、時々、驚かされますね」

そう言って、清貴は息を吐き出す。

「まさに、ホームズさんの言っていた、補い合うということですね」

葵は微笑みながら頷いている。

こうして寄り添っている清貴と葵の姿は、婚約者を通り越して夫婦のようだ。

「どうせ、迷惑だと思ってるんだろ？」

横目で見る秋人に、清貴は、ふっ、と頬を緩ませる。

「それは否定はしませんが……」

「否定しろよ！」

間髪《かんぱつ》を容《い》れずに突っ込む秋人に、清貴と葵は笑った。

円生もそっと口角を上げている。

「それにしても、〝まるたけえびすに、気を付けて〟なんて、楽しい謎かけですね」

「本当に。今からドラマの放送が楽しみですね」

「おう、なんたって俺が主役だからな」

秋人は、拳を握り締めて白い歯を見せる。

秋人主演の『京日和事件簿』には、無事オーディションを勝ち抜いた紅桜の二人が出演することになるのだが、それは少し先の話だ。

掌編　『小松は見た』

――紅桜が帰ったあと。

葵も『私もそろそろ、「蔵」に帰りますね』と腰を上げたため、清貴は見送りに外へと出て行った。

事務所には小松、円生、秋人の三人が残されている。

秋人は今夜、烏丸四条《からすましじょう》でラジオ出演があるそうで、それまでは時間があるそうだ。

頭の後ろに手を組みながら、それにしても、と秋人は天井を見上げた。

「葵ちゃんはニューヨーク、小松探偵事務所は上海、いっきなりグローバルだなぁ」

「ほんまやな」と、円生は肩をすくめる。

ついさっきまで機嫌が悪そうだった円生だが、今はすっかり機嫌を直している。

なんだかんだと、自分も上海に同行できることになったのが嬉しいのかもしれない。

「そういえばイーリンちゃん、綺麗だったなぁ。円生、ああいうタイプはどうなんだ？」

「お嬢は好かん」

「あ、そうか、葵ちゃんは、お嬢様ってわけじゃないもんな」

「黙らんかい」

秋人と円生のやりとりを聞きながら、小松は顔を強張らせた。

……信じられないが、やはり、円生は葵に気があるようだ。

だが、この問題には関わらない方が良いだろう、と小松はパソコン画面に目を向けた。

少し作業してから、一服しよう、と小松は立ち上がる。

「そういえば、あんちゃん、遅いな」

小松は、時計に目を向けてつぶやいた。

事務所の前で葵と話し込んでいるのだろうか？

「どうせあいつのことだから、葵ちゃんを『蔵』まで送って行ってるんじゃねぇかな」

「ええ？　まだ明るいのに？」

小松は、まさかだろ、と煙草の箱を手に玄関に向かう。

引き戸を開けて目の前の小路を確認するも、清貴と葵の姿は見えない。

秋人の言う通り、あの男は、彼女をわざわざ寺町三条まで送って行ったようだ。

「紳士だな……」

いや、紳士を通り越して過保護だ、と小さくつぶやく。

「ま、急ぎの仕事もないしいいんだけどよ」

小松は外に出ると、煙草《たばこ》を咥《くわ》えて火をつけた。

煙草の煙をくゆらせる。

このご時世、喫煙者は肩身が狭い。家族にも禁煙《きんえん》を勧められているが、なかなかやめられない。

だが、本数は減っていた。

食後に一服、そしてこうして夕方に外に出て一服するのが、一日の楽しみでもある。

煙が夕暮れ空に溶けていくのをぼんやりと眺めながら、小松はいつものようにポストを開いた。

中は、飲食店からのダイレクトメールばかりだ。この近くにあるペットショップのチラシも入っている。

「動物は、間に合っています。特に猫」

と小松は洩《も》らす。

小松探偵事務所の建物と隣の建物の間には、人がようやく入れるほどの隙間《すきま》がある。

以前、そこに野良猫が住み着いたことがあり、それも発情期でうるさくてかなわず、苦労して引き取り手を探したのだ。

今はもう猫が簡単に入って来られないよう、木材の板と蝶番《ちょうつがい》を使って即席の扉をつけていた。

だが、猫の運動能力は侮れない。時々確認しないと、どこからでも入り込む。

念のために確認しておこう、また猫が住み着いたら大変だ。

小松がその板の扉を少し押して、中を覗くと――。

「っ！」

目に入ってきた光景に、小松は絶句した。

清貴が葵を壁に押し付けて、濃厚な口付けを交わしていたのだ。

「………」

小松が、咥えている煙草を落としそうになるほどにあんぐりと口を開けると、すぐにその視線に気付いた清貴は、葵を隠すように自らの胸に抱き寄せる。

一方、清貴に抱きすくめられた葵は、こちらの視線に気付いていないようだ。

清貴は小松に向かって流し目をし、まるで『しーっ』とでも言うように口の前に人差し指を立てて、にこりと微笑んだ。

その無言の圧力に、小松は、こくこく、と頷いて、音を立てないように扉を元に戻す。

そして、しゃがみこみ、額に手を当てた。

――驚いた。発情期の猫じゃなく、男がいた。

いくら人に見られないとはいえ、こんなところで恋人といちゃつくような男には決して見えないのに。

数秒前に紳士的だと思ったばかりなのに、真逆じゃないか。

いや、年相応の若者、ということなのだろうか？

美しい令嬢や可愛らしいアイドルを前にしても冷静沈着で、若年寄みたいなあんちゃんが、嬢ちゃんにかかると、あんなふうになるんだからな。

まあ、僅《わず》かな時間を惜しむようにイチャついてるのは、近々二人が別々に海外に行くというのもあるのかもしれない。別れを惜しむ恋人同士ということか。

にしても、たった二週間程度ではないか。

でも、それも、海外マジックと言えるのかもしれない。

小松は咥えていた煙草を携帯灰皿に押し付けて、事務所の中へ戻った。

清貴のそんな姿を見てしまった、その夜のこと。

今度は、円生のとんでもない姿を小松は目撃してしまうのだが、それについては、次の話で語らせてもらおう。

本編　『麗しの上海楼』

［1］小松探偵事務所、上海へ

1

——上海出発当日。

関西国際空港を飛び立ったのは、午後二時過ぎだった。

上海には、夕方四時半頃に到着予定だ。

約二時間半のフライト。新幹線で東京から大阪に行くほどの時間で、上海に着くというのは、小松にとって不思議な感覚だった。

「しかし、なんだな」

小松は、ジウ・イーリンが用意してくれたビジネスクラスのシートの上で、もぞもぞと体を動かす。これまでの人生、エコノミーオンリーだ。新幹線のグリーン車はおろか京阪《けいはん》電車のプレミアムカーすら乗ったことがない。そんな貧乏性が災いしてか、座ったことのないラグジュアリーなシートだと、どうして良いのか分からない。

　そんな小松に、左隣に座る円生が呆れたように一瞥《いちべつ》をくれる。

「おっさん、少し落ち着いたらどうや」

　最近、円生は、小松のことを『おっさん』と呼ぶ。親しみを込めてかどうかは分からないが……、おそらく、そんなものは欠片《かけら》もこもっていないだろう。

「し、仕方ないだろ、ビジネスなんて初めてなんだから」

「俺かて初めてやで」

「それにしては、どっしりと落ち着いているな」

　と、右隣に座る清貴に視線を送る。

　清貴はさすがに慣れた様子で、長い脚をゆったりと組み、機内誌を読んでいた。

「あんちゃんは、ビジネスなんて慣れたものか？」

「どうせ、いつも乗ってるやろ」と、円生。

「いつもということはないですが、マイルが貯まっている時は、それを利用してビジネスにしますね」

　清貴は、祖父であり師匠の家頭誠司と定期的に、美術品の買い付けや、鑑定の仕事などで海外へ行っていると聞く。欧州や欧米を往復していたら、マイルは瞬く間に貯まるものだ。仕事に行っている分だけいつの間にかマイルが貯まって、ビジネスクラスを利用できる。

こうして、世の中の勝者が出来あがっていくわけだ。

どうしても不公平感が拭えずに、小松は肩を落とす。

脱力したことで、ようやくシートに身を預けることができた。

「俺なんて、海外はグアムしか行ったことがないよ。それも新婚旅行だ」

その時、作ったパスポートの期限はとっくに切れていた。だが、一度離婚した妻と復縁した際に、二度目の新婚旅行をしたいとパスポートを新たに作っていたのだ。

しかし再婚した当時、小松探偵事務所は、『大麻《たいま》教《きょう》事件』を解決したという評判から目が回るほどに忙しく、海外はおろか近場の温泉にも行くことができないほどだった。

ようやく仕事が落ち着いてきたかと思えば、今度は暇になりすぎた。事務所の短いバブル景気が終焉《しゅうえん》を迎えてしまったのだ。

まったく金がなくなったわけではないが、海外に行く心の余裕はなくなってしまった。

せっかく作ったパスポートも箪笥《たんす》の肥《こ》やしになるかと思われたのだが、まさか、こうして役立てることができるとは……。

ちなみに一時はドン底で祇園からの撤退も考えていたが、清貴と円生が手伝いに来てくれたおかげで、小松探偵事務所は再び持ち直している。

だが、それも期間限定だ。彼らがいなくなったあともやっていけるように、清貴が結んでくれた縁を大切に、しっかりと仕事につなげた上で人脈を広げておかなくてはならない。

そういう意味で今回の上海出張は、新たな縁に恵まれるチャンスと言えるだろう。

上海か……と、隣で円生が少し懐かしげに洩らす。小松は顔を向けた。

「円生は、上海行ったことがあるのか？」

「十五年くらい前に行ったきりや」

「その頃はお前もまだ十代だろ？　旅行か？」

小松が突っ込んで尋ねると、円生は面倒くさそうに首を摩《さす》った。

「親父の代わりに、ちょっとな」

清貴は、何かを思い出したように相槌をうつ。

「では、その時に蘇州《そしゅう》にも行かれたのですか？」

そう問われ、円生は少し驚いたように目を見開いた。だが、すぐに「せやな」と言葉少なに答える。

蘇州とは、『東洋のヴェネツィア』と呼ばれる運河の美しい町だ。

上海からそう遠くなく、新幹線ならば三十分で着くとか。

なぜ、清貴は当時の円生が、蘇州にも行ったと思ったのだろう？

小松の中に微《かす》かな疑問が生まれたが、『まぁ、あんちゃんは、心が読める男だからな』と、そこで思考は停止した。

ちらりと横を見ると、円生は余計なことを言ったとばかりに腕と足を組み、目を閉じている。

「………」

小松は以前、清貴から聞いたことがあった。

円生の父は、なかなか腕の良い絵描きだったそうだ。

だが、アルコール依存症で、もらった前金はすべて酒につぎこみ、絵を描ける状態ではなくなってしまった。まだ幼かった円生は、自分が生きていくことに危機感を覚え、父親そっくりの絵を描いて仕上げた。

そこから、彼の贋作づくりがスタートしたと……。

ふと、先日のことを思い出す。

偶然、見てしまったのだ。

*

——それは、イーリンが訪ねてきた日の夜のことだ。

小松、清貴、円生の三人は、今日はもう解散、と事務所を締めて外に出た。

清貴はこのまま『蔵』へ向かうという。

円生は町をぶらついてから帰る、と言っていた。

『あ、そうだ。敦子さんが言っていた、ひったくりの件、見付けたら頼むな』

別れ際に小松がそう言うと、清貴と円生は、了解、とばかりに頷いて方々《ほうぼう》に散った。

二人の背中を見送り、小松が京阪の駅に向かおうとした時、妻からメッセージが入った。

〝鯖姿《さばすがた》寿司、忘れないでね〟

その文言を見るなり、小松の口から『あっ』と声が洩れた。

今朝、妻に『帰りに「いづう」の鯖姿寿司を買ってきてほしいの』と頼まれていたのだ。

ちなみに『いづう』とは、創業二百余年になる、祇園にある寿司の名店だ。

小松の妻は、『いづう』の寿司が大好きであり、時おり頼まれることがあった。

『すっかり忘れてた。まだ店やってんだろうか』

怒られる、と慌ててスマホを取り出して、営業時間を確認する。

思ったより遅くまでやっていた。

さすが、祇園の寿司屋、とすぐに店に電話をして、鯖姿寿司の取り置きを頼んだ。

これで安心だ、と小松は気を落ち着けて、店がある辰巳大明神《たつみだいみょうじん》の方へと向かう。

その時だった。

人で賑わう四条通に、『誰か、私のバッグを取り返して！』という悲鳴のような声が響いたのは――。

小松は、すぐに騒ぎのする方へ駆け付ける。

エルメスのバーキンを抱えた男が、四条通を西に向かって走ってくる姿が見えた。

帽子にサングラス、マスクもしていて顔は分からない。

周囲の者たちは、なんとかしたいと思いながらも動けずにいた。

小松が、その男を確保しようと駆け出した時、そのひったくりが急に転倒したのだ。

何事かと目を凝《こ》らすと、どうやら円生が足を引っかけて転ばせたようだ。

すぐに手にしているバッグを奪い取り、

『ほら、バッグやで、おばはん』

とバッグを放るようにして女性に返す。

女性はバッグが返ってきて嬉しそうな顔をしたが、次の瞬間、金切り声を上げた。

『ちょっ、おばはんって何よ！』

『なんやねん、恩人にそないな言い方あるかいな』

『あ、あなたこそ、女性に対してそんな言い方ないわ！』

と、女性と円生が言い合っている隙に、ひったくりは素早く起き上がり、北の方に向かって逃げ出した。

『あっ、ちょい待ち！』

円生は、すぐにひったくりの後を追う。小松も続いた。

円生がひったくりを確保したのは、巽橋《たつみばし》近くの路地裏だった。

小松が追い付いた頃には、ひったくりがつけているサングラスとマスクをひっぺがす円生の姿が遠目に見えた。

すぐに円生の許に駆け付けようと思ったのだが、足が止まった。

男の顔を確認するなり、円生が凍り付いたような表情になったからだ。

『――よお、真也、久しぶりやな』

真也とは、円生の本名。ひったくりは知り合いだったようだ。

小松は様子を窺うべく、路地裏の入口で、こっそりと覗き見る。

『お前……何やってん』

『何って、お金のある方々からバッグや宝石をタダで仕入れて、その筋に卸す仕事や』

円生は呆れたように、額に手を当てて鼻で嗤う。

『なんやねん、そこまで落ちたんか』

と、男は、体を起こした。

『お前のせいやろ！』

円生を突き飛ばして、

『勝手に贋作づくりをやめやがって、こっちはえらい迷惑や。ほんでも出家までされたら、俺たちも何も言えへんかった。せやけど、いつの間にか寺を出て自首までしやがって！

どんだけ迷惑な話や。おかげで俺ら、今はこんなんや。毎日のように北新地《きたしんち》で悠々と美味《うま》いもん食って、高い酒を飲んでた俺らがやで』

『そんなん、知らん。北新地の美味いもんも酒も、俺の贋作で稼いだ金やろ』

円生は気が滅入《めい》った様子で立ち上がり、男に背を向ける。

『まあ、ええねん。全部許す。せやけど、真也。その代わり、頼む。また描いてくれへん？

一度でええんや。それを俺らは、自分の人生を立て直す資金にするし』

すがるように言う男に、円生は何も言わない。

『昔の高名な画家やなくてもええんや。現代で人気の……そうや、「バンクシー」なんかどうや。億単位で売れる絵や。あれかて、お前やったら、そっくりに仕上げられるやろ』

『あほか。生きてる作家の贋作つくったところで、本人が「俺のやない」って意思表明したら終わりやんけ』

『ほんなら、「バスキア」や「蘆屋大成《あしやたいせい》」の作品はどうや　あいつらはもう死んでるし、一部でえらい人気があるやろ！』

男がさらに詰め寄ると、円生は勢いよく振り返って男の胸倉をつかんで、その体を引っ張り上げる。

『ええか、俺は二度と贋作には手を染めへん。もう二度とや！』

鼻先が付くほどの距離でそう言い、円生は手を離して、踵を返す。

男はよほど恐ろしかったのか、その場に座り込んでしばし動かなかった。

小松は立ち去る円生の後ろ姿を眺め、声を掛けられずにその場に留まった。

＊

「…………」

かつて円生は、生きるために贋作づくりに手を染め、アンダーグラウンドの世界を生きてきた。罪を悔やみ出家をしたが、清貴と出会ったことで自分の激情を抑えきれなくなって俗世に戻り、再び贋作づくりを始める。

だが、そんな円生を正しい道に導いたのも、清貴だったのだ。

いや、清貴と葵の二人か——。

小松がぼんやりとそんなことを思っていると、

「小松さん、今さらですが、グローバルWi-Fi《ワイファイ》など準備はできてますか?」

清貴に声を掛けられて、我に返った。

「ああ、向こうで使えるSIM《シム》カードを用意してるよ」

中国では日本のネットがほぼ使えない。LINE《ライン》もツイッターもフェイスブックも利用できないのだ。そのため、グローバルWi-Fiを空港などでレンタルするか、専用のプリペイドSIMカードを購入する必要がある。

「悪いけど、ネットには強いんだ。そのくらい分かってるよ」

というか、それが専門だというのに、と小松はぶすっとする。

「もちろん、分かっていますが、小松さんはうっかり忘れそうで」

「うっかりって」

すると、円生が「せやで」と同意する。

「おっさんは抜け作やし。中国着いてからも、いろいろ気ぃつけた方がええ」

「抜け作って言うなよ。……気を付けるって?」

「北京《ペキン》も上海もそうやったけど、辺りが白なってくるくらい空気悪いし、道路のちょっとした窪みがゴミ箱状態や。そもそも、俺ら日本人はカモやで」

「やっぱりそうなのか」

「せや。おっさんみたいなぼんやりは、カモネギ状態やで」

「言いすぎだろ」

小松が顔をしかめている横で、清貴がくっくと笑う。

「カモネギは言いすぎですよ。それに円生が言ってるのは十五年前の話でしょう？　今の上海はまるで違いますよ」

「せやろか。京都なんて何十年経っても同じやん」

「……京都と一緒に考えないでください。京都は良くも悪くも大きな変化を避《さ》けて、社寺や古き良き町を護るために首都を東京に譲ったのですから」

「譲ったって、なんやねん」

「あんちゃんは相変わらずだな」

小松は、肩を揺らして笑う。

「まあ、普通の町は十数年でガラリと変わるものだよな。中国は特にバブル期だったわけだし」

小松はそう言いながらも、円生が伝えた中国の姿の方が自分の中のイメージとマッチしていたため、清貴の言葉を信じられずにいた。

いくら変わったと言っても、やはりいまだに雑然としていて、治安が悪く、ゴミも多いに違いない。

2

無事、約二時間半のフライトを終えて、上海浦東《プードン》国際空港に到着した。

中国のハブ空港だけあって、割と大きめの空港だ。

都市の空港の中の雰囲気はどこも似たり寄ったりであり、物珍しさは感じない。

だが、見慣れた漢字や、見慣れぬ省略された漢字（簡体字）を目にするのは新鮮で、『中国に来た』という実感が湧《わ》いてくる。

「あそこ見ろよ。ちゃんと『出口』って書いてある。日本と同じだ」

小松は、子どものように周囲を見回しながら歩く。

そんな小松を清貴は温かい眼差しで見守り、円生は「ガキかよ」と肩をすくめていた。

パスポートも、小松が約二十年前に使っていた時とは、違っている。

ＩＣチップが埋め込まれ、入国チェックの際は顔認証を行うのだ。

「パスポートも随分、ハイテクになったなぁ」

などと、しみじみ洩らす小松に、今度は清貴が呆れ顔になった。

「あなたがそういうことを言いますか……」

小松は前職では、腕利きのハッカーだった。今も必要とあれば、法に触れない範囲でネットを駆使し情報を入手している、いわばＩＴのプロフェッショナルだ。

今さらパスポートの進化に驚きますか、と清貴は肩をすくめる。

「知識としては分かっていても、自分で経験するとまた違うんだよ」

そんな話をしながら、入国手続きを済ませてゲートを抜ける。

「家頭清貴様」

その時、一人の男性が目の前にやってきて、清貴を前に一礼した。

年齢は二十代後半だろう。黒いスーツに白い手袋をつけ、眼鏡をかけている。

顔立ちは、あっさりと涼やかな印象だ。

はい、と清貴は答える。

「家頭清貴様とお連れ様ですね。はじめまして、ジ・ルイ（梓睿）と申します。イーリン様の遣いとしてお迎えに上がりました。ホテルまでお送りします」

ジ・ルイと名乗るイーリンの遣いは、そう言って再び頭を下げた。

「ありがとうございます。ルイさんが迎えに来てくださることは、イーリンさんに伺っていました。よろしくお願いします」

清貴はいつものようににこやかに返す。

「こちらこそ、よろしくお願いいたします。どうぞこちらへ」

ルイはもう一度頭を下げて歩き出す。三人はその後に続いた。

「ルイさんは、日本語がとても上手ですね」

「私は日本に留学していたことがあるんです。ジウ家では外国から客人を迎える際、その国の言葉を話せる者が担当することになっています。旦那様は語学にとても重きを置いているんです」

清貴は「そうでしたか。それでイーリンさんも語学が堪能なんですね」と納得したように頷く。

空港を出ると、黒塗りのロールス・ロイスが待機していた。

「どうぞお乗りください」

ルイが後部座席の扉を大きく開ける。

「まさか、こんな高級車でお迎えとは……」

小松が呆然《ぼうぜん》と、ロールス・ロイスを見詰めていた。顔が映るほどに磨かれている。

スーパーカーを含む、高級車に憧れを抱いた世代だ。

清貴は、ありがとうございます、と会釈し、「それでは、小松さん、乗ってください」と小松に視線を送る。

「あ、ああ。そんじゃ、どうも。こんな高級車に乗るのは初めてだよ」

小松は尻込みしながら、ロールス・ロイスに乗り込む。想像以上に座り心地の良いシートに、自然と目尻を下げる。

小松に続いて清貴が乗り込もうとすると、円生がそれを制した。

「ホームズはん、あんたは一応、俺の仮師匠やし、真ん中に座るのは俺や」

そう言って円生は、真ん中の席に座る。

小松は少し驚いた。

たしかに、こうして車に乗る場合、年少者や立場の低い者が、狭い真ん中の席に進んで座るものだ。

年齢では清貴が一番若いが、立場は師匠である清貴が円生よりも上。

しかし師匠といっても『仮』であり、なおかつ円生は認めていないとのたまっていた。

だが、今、円生は『一応、俺の仮師匠』と言った。

清貴を認めた、ということなのだろう。

永遠に続くのではないか、と思われた二人の見苦しい諍《いさか》い、間に挟まれて生きた心地のしなかった（短い）日々を思い出し、小松の目頭が熱くなる。

だが、当の清貴は、おやおや、と愉快そうに笑いながら車に乗り込んで、「そうですよね」と腕を組んだ。

「このあと、もしかしたら柳原先生にお会いするかもしれませんしね」

柳原茂敏は、円生の真の師匠だ。

彼も今回、鑑定士としてこの上海に呼ばれているらしい。

そんな真の師匠に清貴を立てていない場面を見られてしまうのは、円生としてもばつが悪いのだろう。

つまり清貴を認めてのことではなく、柳原を意識してのパフォーマンスということだ。

「…………」

図星だったようで、円生は何も言わずにムスッとしている。

彼もなかなか分かりやすい男だ。

「でも、後部座席の真ん中が狭いっていう常識は、この車には当てはまらないな」

このロールス・ロイスは、後部座席がフラットになっていて、大の男が三人並んで座っても、充分に余裕があった。

走り出した車は、揺れや騒音を感じさせず、快適に走行する。

小松は、ご機嫌な気持ちでちらりと窓の外に目を向けた。

自分たちが乗っている車が、周囲の注目を集めているかもしれない。

だが、車道を走る車の多くが、ポルシェやベンツといった高級外車ばかり。近くを紫のフェラーリが走っていて、このロールス・ロイスよりも周囲の目を惹いている。

「……にしても、ずいぶん、高級車の比率が高いんだな」

そうですね、と清貴は相槌をうつ。

「昨今の中国、特に上海や北京では、高級外車に乗っておられる方がとても多いですよ」

「さすがバブル。うおっ、リンカーンだ」

と小松は再び窓に張り付く。

「ほんでも、比率と言えば、京都市内も高級外車が多いやんけ」

「まぁ、祖父もそうですが、京都人も外車好きは多いですね」

清貴と円生がそんな話をしていると、小松が突然、「ああっ！」と素っ頓狂な声を上げた。

「おっさん、なんやねん」

「今、新幹線がとんでもないスピードで走って行ったんだよ！」

「ああ、『上海トランスラピッド』ですね」

「上海トランス……?」

「リニアモーターカーですよ。実際に走っている様子はテレビで観るよりも、ずっとスピード感がありますよね」

清貴はアッという間に走り去っていくリニアモーターカーを眺めながら、少し眩しそうに言う。

「そっか、中国はもう走ってるんだもんな。早く日本も開業したらいいなぁ」

高級車もそうだが、新幹線も好きな世代だ。リニアモーターカーと聞いて心が躍らないはずがない。

「ええ。今のところ難しそうですが、できれば京都にも停まってほしいものですね……」

「大阪に停まるんやったら、京都なんて停まらんでええやろ。近いんやから」

「……近いと言えば近いかもしれませんが、ほんでも、大阪は大阪、京都は京都や。京都は世界の観光地やし」

ゆらりと顔を上げて、そこは譲れない、とばかりに微笑む清貴に、小松と円生は思わず絶句する。

「あんちゃんみたいな奴がいるから、停車駅で揉めるはずだな」

「ほんまや」

と、二人揃って肩をすくめた。

3

車は、上海の市街地に入り、南京東路《ナンジンドンルー》を通ってホテルへと向かっていた。

この行き方が最短というわけではなさそうだ。

おそらくルイは、上海の名所を見せるために、あえてこの道を走ってくれているのだろう。

南京東路は、上海一の大繁華街だ。

車道からも見える広い歩行者天国にはたくさんの人が溢れ返り、電動カートが人の中をかき分けるように走っているのが見える。

上海で最も古いデパート『第一百貨商店』や老舗《しにせ》宝石店『老銀祥銀樓』を眺めながら、小松は、「中国の都会って感じだな」と洩らす。

「ああ、見てください、『上海新世界大丸百貨』、大丸上海店ですよ」

清貴は、車窓の向こうに見える石造りのシックな建物を指した。

「大丸は、上海にもあるんやな」

へぇ、と円生は感心したように言う。

「ええ、出店は二〇一五年でして、ラグジュアリー性とエンターテインメント性を併《あわ》せ持つ高級百貨店をコンセプトに、富裕層をターゲットにしているそうです。龍をイメージした螺旋《らせん》階段が、話題を呼んだとか」

「さすが、一時期、大丸にいただけあって詳しいな」

「ええ、元KPですから」

と、清貴は胸に手を当てる。

やがて車は『外灘《ワイタン》』に入り、黄浦江《こうほこう》沿いにあるホテルに着いた。

タワーホテルといえる高層階のホテルで、『天地』という名がついている。

一行は、先導するルイに続いてロビーに入る。チェックインの手続きもなく、ホテルマンがルイにルームキーを渡す。

三十八階まであるホテルで、案内されたのは、二十五階の部屋だった。

窓から外灘の街並みはもちろん、対岸にある浦東の景色――ライトアップされた東方明《とうほうめい》珠電視塔《しゅでんしとう》や上海タワーを望むことができる。

女性ならば、うっとりすること間違いなしの素晴らしいロケーションだった。

こんな申し分のない部屋を用意してくれたことは、とてもありがたく恐縮だが――、

「なんで三人、同じ部屋やねん」

という、円生の小さなつぶやきに関しては、同感だった。

とはいえ、ここはスイートルーム。

リビング以外に寝室が三つあり、それぞれ別の部屋で寝ることができるのはありがたい。

「まあ、寝室は別だし、いいじゃないか」

小松が宥めるように小声で言う傍らで、

「素晴らしい景色ですね」

清貴はというと、テラスに出て嬉しそうにしている。

すると、ルイが一歩前に出て、川の向こうを指差した。

「あのビルが、『上海楼《しゃんはいろう》』ですよ」

「上海楼？」

と、小松と円生が顔を向ける。

「旦那様の会社のタワービルです。去年建ったばかりでして、この上海では、『上海楼』と呼ばれているんです。明日は、あそこでご挨拶のパーティを開く予定です」

皆は、へぇ、と相槌をうつ。

「そして、ここは旦那様が経営するホテルでして、レストランやバーはもちろん、館内の施設、リラクゼーションルーム、プールにフィットネスクラブなどすべてご自由にご利用くださいませ。明日は、午後二時に上海博物館にゲスト鑑定士が揃う予定です。一時半にロビーにお迎えに上がりますので、よろしくお願いいたします」

それではごゆっくり、とルイは一礼して、部屋を出て行った。

「ここ、ジウ氏のホテルだったのか」

ホテルまで所有していることに驚いたが、思えばジウ氏は世界的な富豪だ。何を持っていても不思議ではない。

「本当に『上海楼』がよく見えますね」

バルコニーで清貴が言う。

ここから見ると、円柱型の細長い塔だ。色は白く頂点はドーム状で、天辺《てっぺん》がアンテナのように尖っている。

陽が落ち始めている夕暮れ空の下、ライトアップされているのが美しい。

「まだ新しいから、ピカピカだなぁ」

小松は手庇《てひさし》を作りながら、上海楼を眺める。

「まるで、仏舎利塔《ぶっしゃりとう》ですね」

仏舎利塔とは、構造はドーム状で頂点に相輪《そうりん》をもつ、釈迦《しゃか》の遺骨を納めている（といわれる）仏教建築物だ。

「あーたしかに、天辺部分なんかはそんな感じだな」

「ほんまやな。仏教徒なんやろか」

そう話す小松と円生に、そうかもしれませんね、と清貴は目を細め、顔を向ける。

「それより、お腹がすきましたね。夕食を食べに行きましょうか」

「せやな」

「ホテルのレストラン、好きに使っていいって言ってたもんな」

小松は、ありがたい、ありがたい、と手を擦《す》り合わせる。

「ええ、ありがたいですが至れり尽くせりすぎるのも気が引けますし、今夜は外に食べに行きませんか？　『新天地』におすすめの店があるんです」

にこりと微笑む清貴に、二人は「まあ、いいけど」と頷く。

三人はホテルを出て、外灘の街を散歩しながら、地下鉄駅に向かった。

外灘は、英語名では『バンド』と呼ばれる街だ。〝Bund《バンド》〟は築堤《ちくてい》・埠頭《ふとう》から来ているらしい。約百年前に『東洋のウォール街』と呼ばれていた街であり、その当時からあるクラシカルな西洋建築物が建ち並んでいるエリアだ。

歴史ある建築物をリノベーションし、今はブティックやレストランになっている。

古き良き街並みながら近代的で、西洋を思わせるが、そんなモダンな雰囲気の中に漢字の看板が掲げられている。どこか不思議な光景だ。

「にしても、随分、洒落《しゃれ》た通りだな」

小松は、ヨーロッパの街を歩いているようだ、と洩らす。

一方の円生は、眉間《みけん》に皺《しわ》を寄せながら、辺りを見回していた。

「円生、どうしました？」

「——いや、なんや、俺が知ってる上海とちゃうわ。ゴミが全然落ちてへん」

辺りを見回すと、まるで某テーマパークのようにあちこちに清掃員がいて、通りの掃除をしている。

少しの窪みもゴミ箱のようになっていた十五年前とはまるで違う町の様子に、円生は戸惑っているようだ。

空気も澄んでいて、持参してきたマスクを出す必要もなさそうだ。

「それに、昔と違て、道行く人間の目がギラギラしてへん。まったく危険な雰囲気がない」

「ええ、近年中国の都市部は、ずいぶん変わったんですよ。本当に豊かになったんです。豊かになると、奪う必要がなくなる。ですから、おのずと治安も良くなるわけです」

結局、金が人の心も豊かにするということなのだろうか？

いつも余裕がある清貴と、どこかピリピリしている円生。それも生い立ちから来ている、というのだろうか？

どうしても拭えぬ不公平感に、小松は苦い気持ちになる。

「『先に豊かになれる者たちを富ませ、落伍した者たちを助けること』ですね」

ふふっ、と笑う清貴に、「なんだそれ」と小松と円生は振り返る。

「この国の政治家・鄧小平《とうしょうへい》が七〇年代後半に発表した言葉、『先富論《せんぷろん》』ですよ。彼はまず上海の中心部を豊かにしようと考えました。一か所が豊かになると、貧しいものを助けられますし、何より豊かな地に引っ張られるものです」

そうか、と小松は納得して手を打つ。

「全体を少しずつ底上げしていくより、まずは一か所に集中してテコ入れ改革をすると、全体がそこを目標にがんばるわけだな」

「ええ、そうして鄧小平は『現代中国を作った男』と呼ばれるようになりました。ほら、この川、黄浦江の向こうを見てください」

川べりの道に出て、清貴は対岸を仰ぐ。

黄浦江という川の向こうには、上海のシンボルである東方明珠電視塔や、上海タワーが見える。

「ホテルの部屋からも見られましたが、あの電波塔がある地区が『浦東』です」

「中国セレブの中心地やな。森ビルもあそこやろ」

円生は手庇を作って、浦東のタワービル群を仰ぐ。

「ここからの景色、これぞ、よくテレビとかで観る『ザ・上海』だな」

小松は、対岸のタワービル群に向かって、絶景だな、と両手を広げる。

「鄧小平は、まず『浦東』の開発に着手しました。当時はあの土地のほとんどが国営農場の未開発地域で、空白の地帯だったそうです。そこを国際的な経済・金融・貿易センターにしようという一大構想で、それが成功したんです」

素晴らしいですね、と清貴は洩らし、

「これぞ、『色即是空《しきそくぜくう》、空即是色《くうそくぜしき》』ですね」

手摺りに腕を乗せて、熱っぽくつぶやく。

「色即是空、空即是色？」

なぜ、ここで般若心経が？　と小松は小首を傾げる。

するとと円生が、答えた。

「ほんまに簡単に言うと、『色即是空、空即是色』の『色』は『目に見えるもの』。ほんで『空』とは『見えないもの』を指してるんや。まぁ、言い換えると、『見えるものは即《すなわ》ち見えない、見えないものは即ち見える』てことやな」

小松は、はあ、と間抜けな声を上げる。

円生がこうしたことを教えてくれるのは意外だったが、思えば彼は一時期、寺で修行をしていたのだ。お手の物だろう。

だが、その説明ではピンとは来なかった。

そのことを察したように、清貴が人差し指を立てて補足する。

「もっと簡単に言うと『あるけれどない、ないけれどある』ということですよ」

「あるけどナイ、ないけどアル」

簡単になったが、意味としてはさらに難解になった気がした。

「小松さん、目に見えないものを信じますか？」

いきなりそんなことを問われて、小松は戸惑い、頭を掻いた。

「いやぁ、あんまり信じられないなぁ。幽霊とか信じないし」

「そういうことだけが、『目に見えないもの』ではないんですよ。誰かに対して『好き』

や『嫌い』という感情、家族を想う『心』も目に見えないものです。けれど、ちゃんとある」

「ま、それはそうだな」

「この世は、目に見えないことが先にあって、目に見えることにつながるんです」

言っていることは分かるようでピンと来ずに、小松は無意識に小首を傾げていた。

「たとえば、『この川に橋を架けたい』という想いが先にあることで、実際に橋がかかるようになります。つまり最初に『目に見えない意思』があって、そのあとに『目に見える形』となるわけです。この世のすべては目に見えているものがすべてなようで、実は目に見えないものの意思があってのこと。目に見えないもの、目に見えるものは、まったく違うようで一つの線で結ばれている――」

「……それが、あるけれどない、ないけれどある、『色即是空、空即是色』ってわけだな」

小松は、はぁ、と少し納得して、首を縦に振った。

「そうだとするなら、この世のすべては等しい、という話ですね。まぁ、これはあくまで僕の解釈ですが」

と、清貴は補足する。

「そういうんは、全部自分の解釈でええんちゃう？　真理てそんなもんやろ。それに共感するかどうかは、各々《おのおの》の問題や」

　そんなふうにさらりと言う円生だが、さすが僧侶だっただけある。

「しかし、あんちゃんがそういう話をするのを聞くたびに、信心深い男だと思うんだけど、そういうわけでもないんだよな？」

「もちろん、僕の中に信仰心のようなものはありますが、それはどこかの教えに当てはめられるものではないんです。何より、僕が帰依《きえ》するのは美しいもの——芸術ですよ」

　にこりと微笑む清貴の姿は相変わらず美しく、どこか恐ろしくて背筋が冷える。

　自分が信じ、愛する芸術のためなら、なんでもするのではないか、と思ってしまうのは、考えすぎだろうか？

「円生は一時期、南禅寺にいたって話だから、臨済宗《りんざいしゅう》か？」

　ふと掠《かす》めた思いを振り切るように、小松は円生の方を向く。

「あそこに入れたのは、たまたまのことや」

　円生はそれ以上の説明は面倒くさいという様子で頭を掻き、対岸の浦東や外灘の街並みをぐるりと眺めた。そして、口角を上げる。

「それにしても、あの上海がここまでなるんやからな」

　かつての上海を知っている円生は、少し嬉しそうに言う。

それは、まさに『色即是空、空即是色』の具現化。

『この街をこうしたい』という想い——ビジョンがあることで、それが目に見えるかたちになるということだ。

明確な想いは、実現する。

そう思えばスタートがどうであろうと、関係ないのかもしれない。先ほど小松の中を占めていた不公平感が、薄れてくる。

清貴は対岸を眺めながら、ぽつりとつぶやいた。

「この景色、見せてあげたいですね」

清貴が口にしたその小さな声は、側を離れていた円生には聞こえなかったようだが、小松の耳には届いていた。

誰に、というのは愚問だろう。

清貴は、葵を想って言っているのだ。

異国の地に来ようと、清貴は変わらない。

京都にいる時のようにその土地に纏《まつ》わることを語って、素晴らしい、と感嘆する。

そして、葵のことを思い浮かべるのだ。

「あんちゃんは、どこまでもあんちゃんだな」と小松は笑う。

「何がですか？」

「ぶれないというか」

「よく、葵さんに『安定のホームズさん』と言われますよ」

「なるほど、安定のあんちゃんだ」

清貴は、ふふっと笑い、「ああ、あそこが地下鉄駅ですよ」と『南京東路駅』を指した。

三人は地下へと続く階段を下りて、『南京東路駅』から一〇号線の電車に乗車する。

中国の地下鉄は安全なのだろうか？　と懸念したが、思った以上に綺麗で設備が整っていた。

だが、日本の感覚でぼんやり車両に乗り込んでいると、時間とともに容赦なく扉が閉まってしまう。

小松は勢いよく挟まれそうになり、「うわっ」と声を上げながら、車両に乗り込んだ。

「大丈夫ですか、小松さん」

「おっさん、ほんまにぼんやりやな」

「ちょっと腕をぶつけただけだ。大丈夫だよ」

扉にぶつかった腕をさすりながら、小松はあらためて、多少時間が過ぎても乱暴に人を挟む心配のない日本の電車の優しさに、感謝の念を抱く。

電車はすぐに『新天地《シンティエンディー》駅』に着き、三人は下車した。

直結しているショッピングモールの外に出て、街に入る。

外はすっかり暗くなっていたが、ビルのネオンの明るさが目に眩しい。

ライトアップされた近代的なビルとともに、煉瓦や石造りの建物が軒を連ねていて緑も多く、レトロモダンな街並みだ。

「表参道《おもてさんどう》かよ……」

「せやな、青山《あおやま》辺りって感じや」

辺りを見回しながら、小松と円生は、はああ、と洩らす。

「この新天地は、旧フランス租界地だった頃の建築物を修復し、再現しているんですよ。そのため、ヨーロッパと中国の建築文化が融合した、独特なレトロモダンな街並みですよね」

清貴は歩きながら、そう話す。

「ここはここで、『ザ・上海』ってわけなんだな」

お洒落なレストラン、雑貨店、ブランドショップが軒を連ねている。

道路は高級車が走り、道行く者たちは皆、上質なものを身に纏い、愉しげな様子だ。欧米人の観光客の姿も多い。

ここもとても綺麗で、治安の悪さは、特に感じられない。

「……あらためて、俺の中の中国のイメージがガラリと変わった。なんか、うんと貧しくて危険だと思ってたよ」

「せやけど、ここまで豊かなんは、一部の都会だけやで」

「先に豊かになれる者たちを富ませ、ですね」

「ま、そういうことだよな」

そんな話をしながら、清貴の案内で『夜上海《イエシャンハイ》』という上海料理店に入った。

なんでも、外灘を散歩している時に、すでにネット予約を済ませていたとか。相変わらず、この男は行き届いている。

店内は落ち着いた照明のシックな雰囲気だ。生バンドが演奏し、ドレスを着た歌手が歌っている。

案内された席に座り、ワインリストを開きながら、

「ここの北京ダックが本当に美味しいんですよ」

嬉しそうに微笑む清貴を前に、財布の中を憂《うれ》えて冷や汗が出る。

「ちょっ、あんちゃん、ここ、めっちゃ高級店じゃないのか？」

「そんなことはありませんよ」

そんなことって、と前のめりになる小松に、円生が息をつく。

「ええねん、おっさん。今夜はホームズはんのおごりや。こいつが連れて来たんやし」

「ええ、そのつもりでしたよ」

「いいよ。三分の一は支払う。その代わり円生の分は知らないし、ワインは一本だけな」

小松は口を尖らせながら、メニューに目を向ける。

だが、すぐにメニューを閉じて肩をすくめた。

「ワインも料理もよく分からないから、あんちゃん、頼むよ。高すぎないのをな」

承知しました、と清貴は頷いて、ウェイターを呼び、英語でオーダーをしていた。

その夜は、赤ワインの注がれた大きめのワイングラスで、乾杯をした。

上海蟹の甲羅に炒めた蟹肉と卵を入れて焼いたもの（蟹粉釀蟹蓋）や、酒の蒸し鶏（花彫酒醉鶏）、素鵝湯葉のクリスピー揚げ（脆皮素鵝）、おこげの餡かけ。

そして清貴おすすめの北京ダックは、ウェイターがテーブルに就《つ》いて綺麗に包んでくれる。

「あ、ほんまに、ここの北京ダック、なかなかや」

「店の人が目の前で巻いてくれるのがいいな」

「そうでしょう」

美味しい料理に舌鼓を打ちながら、小松探偵事務所の面々が上海に上陸したことを祝った夜だった。

［2］上海博物館

1

『夜上海』で夕食を食べたあとは、ライトアップされた『新天地』の街を見て回っていた。

最初は純粋に雰囲気を楽しんでいたのだが、『なぜ、男三人で、こんなお洒落な街をぶらついているのだろう?』と、つい虚しくなって、長居はせずにホテルに戻った。

各部屋にシャワールームがついているため、風呂の順番争いをすることも、リビングでのんびり語らうこともなく、三人はすぐに各々自分の部屋に入る。

小松がシャワーを浴びて、ベッドに腰を掛けると、隣の清貴の部屋から微かだが話し声が聞こえてきた。

〝ええ、無事に上海に着きましたよ。とてもお洒落でモダンな街です。いつか、一緒に来たいですね〟

そんな声が洩れ聞こえてくる。

どうやら、葵と電話をしているようだ。

相変わらずラブラブだな、と小松は思いつつ、ベッドに横たわる。

リモコンを手にしてテレビの電源をつけると、隣の部屋の声はかき消された。

画面の中には、若く美しい女性が真面目な顔で話している姿が映し出されている。どうやら、ニュース番組のようだが、中国語なので何を言っているのかまったく分からない。

ぼんやりとテレビを眺めているうちに、小松はいつの間にか眠りについていた。


——翌朝は、『豫園《ユイエン》』へと向かった。

豫園とは、愉しい庭園という意味であり、明《ミン》時代の庭園だそうだ。

まるで中華後宮の映画に出てきそうな古き良き光景だ。

とはいえ、今はすっかりお土産物屋に囲まれた観光地。休日は人でごった返すそうだが、今は平日の朝ということで人も少ない。

楼閣《ろうかく》を結ぶ迷路のような回廊や、美しい花窓や門を眺め、異国ロマンに想いを馳せる。

皇帝とその寵愛《ちょうあい》を受けている愛らしい侍女（身分は高くない）が語らっているシーンが、頭に浮かぶ。

ふと、その皇帝と侍女の姿を、清貴と葵に当てはめる。

漢服を纏った清貴は、侍女・葵の肩に手を回して、そっと抱き寄せる。

『いけません、陛下。私はしがない町娘です』

『僕があなたを必要としているのですよ』

『陛下……』

しかし、その背後では、侍女《じじょ》・葵に横恋慕する皇帝の侍従《じじゅう》の円生が、メラメラと嫉妬の炎を燃やしているのだ。

そんな光景を妄想し、小松は、ぷぷっと笑う。

すぐに、まったく何考えてるんだ、と冷静になるも、ここはそんな中華後宮ロマンを感じさせる場所だった。

「いいもんだなぁ」

小松がしみじみ洩らし、同意を求めるように隣に目を向けると、そこには円生だけで、清貴の姿がない。

「あれ、あんちゃんは？」

「さあ、トイレちゃう？」

「ああ、そうか」

と小松は納得しかけたが、清貴が回廊で佇んでいる姿が目に入った。

あそこに何かあるのだろうか、と近付くと、清貴は電話をしていた。

「――ええ、葵さんもどうかお気をつけて。何かあったら、時差など気にせずワンコールしてくださいね。こちらから必ず折り返しますので。……はい、好江《よしえ》さんによろしくお伝えください」

そう言って清貴は電話を切って、スマホをポケットに入れる。

「嬢ちゃん、今日出発なんだ？」

小松が声をかけると、清貴は、ええ、と振り返る。

「今、羽田空港だそうです。午前十時発で、約十三時間のフライト後に向こうに着くのは、現地時間で、同じく今日の午前十時頃なんです」

「あ、そうか、ニューヨークは、日本より時間が遅れてるから……」

たとえば、元日の朝十時に日本を経ったら、ニューヨークには同じく元日の朝十時頃到着する。

頭では分かっていても、やはり不思議なものだ。

「ええ、上海は、日本より一時間遅いだけなので、楽でいいですよね」

清貴は、さて、と顔を上げた。

「時間はありますし、じっくり庭園を見て、そのあと、ブランチにしましょうか」

「おっ、いいな。何を食べようか」

「上海といえば、小籠包《ショウロンポウ》です。ここには、『南翔饅頭店《ナンショウマントウテン》』という小籠包で有名な店がありますので、少し早めのランチにしましょうか」

清貴の提案に、小松と円生は、いいな、と頷く。

異国の地でも、こうしてエスコートしてもらえるため、少しも不便は感じない。

そうして、三人はしばし豫園を散策したあと、小籠包の店『南翔饅頭店』に向かった。

そこは一九〇〇年創業という老舗であり、景観に馴染む老獪な建物は趣きがある。

ここも普段は昼時など長蛇の列になるそうだが、この日は幸運なことに並ばずに席に着くことができた。メニューにはたくさんの種類の小籠包があったが、やはりよく分からないため、注文はすべて清貴に任せることにした。

オーソドックスな小籠包は、もちっとした食感に、ジューシィな豚肉の旨みが染み入る。エビ入りは弾むような食感であり、蟹肉入りは濃厚な風味がたまらない。それぞれに美味しく、小松はその味に舌鼓をうちながら、打ち震えた。

「あー、青島《チンタオ》ビールが飲みてぇ」

「駄目ですよ、これから上海博物館で仕事です」

「分かってるよ。言ってみただけだ」

と、小松はぼやきながら、ジャスミンティを口に運ぶ。

「おっさんなんて、おまけなんやし、飲ましたったらええやん」

円生は優しいのか優しくないのか分からないことをさらりと言って、小籠包を口に運ぶ。

「小松さんは、お酒を飲むとすぐに赤くなりますから、そういうわけには」

「ま、いくら役立たずでも、酔っ払いを連れて歩くのは、あかんな」

円生は、うんうん、と頷く。

「だから、分かってるって言ってるだろ。ジャスミンティが最高に美味いよ！」

小松は半ばいじけながら、再びジャスミンティを口に運んだ。


食べ終えると、そのまま三人は上海博物館に向かうことにした（もちろん、途中ルイに連絡をし、自分たちで上海博物館に向かうため迎えはいらない、という旨も伝えている）。

上海博物館は、人民公園の隣、人民広場の中にあった。

人民公園では、太極拳をしている人や、麻雀《マージャン》をしている人の姿が見受けられる。

「青空の下、麻雀かぁ」

そういうところはやはり中国らしい、と頬が緩む。

人民公園を歩いていると、ルイからメールが入った。

『旦那様の企画展示は、まだ準備中ですが四階です。そこにイーリン様がいらっしゃいます。私も伺いますので、よろしくお願いいたします』

ちょうど、上海博物館が見えてきた。

入口の左右には、獅子と思《おぼ》しき白い獣のモニュメントがずらりと並んでいる。

建物は四階建てで、外観は最上部が円盤、下部が古代容器の『鼎《てい》』の形状を模していた。

ガイドブックによると、これは鼎に代表される青銅器コレクションを示しているそうだ。

総床面積は、三万九千平方メートルということだが、いまいちピンとこない。

建物の大きさ自体は、ロームシアター京都くらいだろうか？

「上海博物館は、中国古代の青銅器、陶瓷器《とうじき》、絵画、書といったさまざまな歴史的価値のある美術品が揃っている、中国屈指の博物館なんです」

清貴は入口に向かって歩きながら、いつものように説明をする。

小松と円生は、へぇ、と返す。

「すべてが素晴らしいのですが、僕としてはここに来ると、やはりどうしても『中国古代陶瓷館』で時間を使ってしまいますね」

「はい。素晴らしい土器や陶磁器が約五百点もありまして、時代順に並べられているんですよ。特に景徳鎮《けいとくちん》の陶磁器の充実ときたら……」

清貴は胸に手を当てて、熱っぽく言う。

「焼きものか」

「話を遮るようで申し訳ないけど、『景徳鎮』って有名な人なのか？」と小松は尋ねた。

「いえ、景徳鎮は人名ではなく都市の名前ですよ。陶磁器にとって代表的な染付や赤絵を多く生産した窯元《かまもと》として、世界的に有名なんです。明の時代、景徳鎮の磁器は宮廷の祭器として使われていたそうで……」

そんな清貴の話を円生は熱心に聞いていたが、小松は「はぁ」とか「へぇ」と答える程度だ。

「こちらの博物館は、収蔵点数が、十二万点とも言われているのですが、なんと入場料が無料なんです」

最後にそう付け加えたその言葉には、驚いた。

「無料！　すごいな」

「ええ、たくさんの人に気軽に文化に触れてもらおうということなのでしょう。素晴らしいですよね」

「さすが、金持ちの街……」

そんな話をしながら、上海博物館の中に入る。

ロビーエントランスは、円形で吹き抜けになっていて、ガラスドームの天井から明るい光が射しこんでいた。

中央に円形のインフォメーション、左右の端に階段、エスカレーターがある。

パンフレットは、中国語、英語、韓国語、日本語とさまざまな国の言語が揃っていた。

小松は日本語パンフレットを一部手に取り、清貴、円生とともにエスカレーターに乗って四階に向かった。

「ここの最上階で、自分の企画した展示会を行うってわけや」

ふぅん、と洩らす円生に、小松は、ああ、と相槌をうつ。

「さすが、美術品を愛する実業家だよなぁ」

「美術品を愛する実業家？」

小松の言葉を聞き、はじめて知った、という顔で円生は興味を示す。

「ああ、そうらしいな。ここに来る前にちょっとだけ調べたんだよ。なんでもジウ氏は、決して裕福な家に育ったわけじゃないらしい。だからこそそこから抜け出したいと、必死に勉強して奨学金を得て北京大学へ進学し、経済学を学んだそうだ」

清貴はすでに知っていることのようで、黙って聞いている。

「ジウ氏は大学の教授の計らいでニューヨークのコロンビア大学に留学するんだ。帰国後、インターネットに関する事業を興した。まぁ、それが上手くいって瞬く間に大成功を収めたわけだ。そうして今や世界に名だたる富豪の仲間入りなんだから、すごいよな。ちなみに結婚は二回していて二回とも離婚してる。イーリンには兄がいるそうだけど母親が違うらしい」

小松はそこまで言って、ちょっと脱線したな、と話を戻す。

「ジウ氏はアメリカに留学した際、ニューヨークでアートに触れて、すっかり虜《とりこ》になったそうなんだ」

話を聞き終えた清貴は、なるほど、と顎に手を当てる。

「雨宮……いえ、菊川史郎に寝台列車で会った時、美術品に関する仕事を僕に持ち掛けてきたんですが、あれは、ジウ氏を利用しようとしてのことだったんですね」

清貴の言葉を聞いて、小松は「そうそう」と思い出したように顔を上げる。

「イーリンがうちの事務所に来た時、菊川史郎とは絶縁したって言ってただろ？　ちょっと気になったから、何があったのか調べてみたんだよ」

清貴は何も言わずに、小松の話に黙って耳を傾ける。

「元々、史郎がジウ氏に取り入ることに成功したのは、美術品のブローカーとしてだったらしい。センスが良くて、なかなか人タラシなところもあって、すっかり気に入られたそうだ」

「でしょうね。彼に、自分の娘の旅の同行を許すくらいですから」

「ああ、史郎のことを娘の婿候補の一人ぐらいに思っていたらしいな。ジウ氏は、自分自身が成り上がりで、なおかつアメリカで過ごしたこともあって、血縁や家柄、人種にこだわらず、優秀な者を認めるそうなんだ」

それまで黙っていた円生が、ふぅん、と洩らした。

小松は、話を続ける。

「ジウ氏には以前からどうしても欲しい絵があったそうなんだ。そのことを知った史郎は、なんとしてもジウ氏から金を引っ張りたいと、苦労してその絵を探し出し仕入れてきたんだってよ。ジウ氏は大喜びで、その絵に結構な額を支払ったそうなんだ。だけど、それが
「……」

「贋作だったんですね」

「そういうことだ。それがキッカケで、史郎はジウ氏に縁を切られた」

ふぅん、と清貴は腕を組む。

「あの男がジウ氏を相手に贋作を用意するなんて、そんな迂闊《うかつ》なことをするとは……」

清貴は、納得できないようで顔をしかめている。

「よほど出来のいい贋作だったのかもなぁ。そして、そういうことがあったから、ジウ氏も警戒して、今回の展示会は世界中から鑑定士を集めたってわけだ」

「そうなのでしょうね。鑑定士にチェックをさせていれば、もし展示会がスタートしてから作品の中に贋作が紛れ込んでいたことが分かっても、責任回避ができますから、ジウ氏の面目《めんぼく》は保たれるわけです」

話が一区切りついた頃、エスカレーターは四階に辿《たど》り着いた。

パンフレットによると、通常、四階は中国少数民族工芸館、中国歴代銭幣館《せんぺいかん》、中国古代玉器館《ぎょくきかん》の展示をしているそうだが、今は期間限定でそれらの展示を他の階に移し、すべてジウ・ジーフェイの特別展示場となるようだ。

あちこちに警備員がいて、注意を促す黄色い看板が置いてある。

おそらく『準備中につき、四階は立ち入り禁止』といったことが書かれているのだろう。

四階のフロアに足を踏み入れ、さらに進もうとすると、警備員に止められてしまった。

中国語なので何を言っているのか分からないが、ジェスチャーを見る限り、『エスカレーターで下に降りて』と訴えているようだ。

『僕たちは、ジウ・イーリンの紹介で来ました』

清貴が英語で伝えていると、

「ホームズくん、皆さん、ようこそ」

中からイーリンが、手を振りながらやって来た。

今日は事務所で会った時のセレブな美女という雰囲気から一転して、ジーンズに白いブラウス、ポニーテール。ずいぶんと活動的でシンプルな出で立ちだ。

こういう感じも爽やかでいいな、と小松が目尻を下げていると、視線に気付いたイーリンが少し恥ずかしそうに言う。

「作業中で、こんな格好でごめんなさい」

清貴は、いえいえ、と首を振り、胸に手を当てて会釈をした。

「この度は、飛行機のチケットからホテルにお迎えの車まで、ありがとうございます」

続けて小松が、へこへこと頭を下げる。

「そうそう、至れり尽くせりで」

「俺まで、セレブのおこぼれに与《あずか》れて光栄や」

にこやかだったイーリンだが、最後の円生の言葉に一瞬、表情を曇らせた。が、すぐに、微笑みながら、説明を始める。

「今回の展示は、近代美術コーナー、ヨーロッパ絵画・彫刻・陶磁器、ギリシャとローマ美術、アジア美術と陶磁器と、コーナーに分かれています。ホームズくんや柳原先生をはじめ、日本の鑑定士に担当してもらうのは、アジア美術と陶磁器コーナーよ。そこに日本の美術品を揃えているんです。まだ集合時間まで余裕があるから、案内しますね」

イーリンはそう言って歩き出すと、すぐ側の近代美術コーナーの入口の前で足を止めた。

「今回の展示会の目玉は、近代美術かもしれないわ。ここは、さまざまな国の近代アートが集められているの。ラッキーなことに、今『ＭｏＭＡ《モマ》』が改装中で、作品を何点かお借りすることができたのよね」

モマってなんだろう？　と小松が思っている横で、清貴は、「えっ」と目を瞬かせた。

「『ＭｏＭＡ』は今、入ることができないんですか？」

「ええ、来月末までだったかしら？」

イーリンはさらりと答える。

「あんちゃん、モマがどうかしたのか？」

小松が問うと、清貴は「ああ」と苦笑する。

「『ＭｏＭＡ』は、ニューヨーク近代美術館の略称なんです。ニューヨークではメトロポリタン美術館、通称『ＴＨＥ《ザ》　ＭＥＴ《メット》』と同様に人気のある美術館で、葵さんも楽しみにしていたのではないかと思いましてね……」

「つまり、目当ての場所のひとつだったが、閉館しているということか。そりゃ嬢ちゃんもガッカリだな」

「ええ……」

清貴は自分のことのように、残念そうな様子を見せている。

「なんやねん、その顔。相変わらずやな」

円生はそう言って、やれやれ、と肩をすくめた。

小松は、ちらりと近代美術を展示している部屋を覗く。

壁には、キャンベルのスープ缶の絵がずらりと並んでいる。さほど大きくはないキャンバスが三十二枚。すべてキャンベルスープ缶だ。

「………」

あれも近代美術なのか？　商品棚かよ。

小松が、よく分からない、と首を傾げていると、

「まだ準備中ですが、気になるのでしたら、どうぞ」

と、イーリンが近代美術の展示部屋に入っていく。

「それは嬉しいですね」と清貴。

近くで観ても、やはりキャンベル・スープ缶の絵だ。

小松がぽかんとしていると、清貴はその心中を察したように小さく笑って、口を開いた。

「アンディ・ウォーホルの作品ですよ。この作品は、写真から転写する版画の技法で描かれているんです。同じデザインのようで、ラベルの内容はすべて違っているんです」

「あ、本当だ。違うな」

「ウォーホルは、皆に馴染みのあるスープ缶を題材にすることで、難解な美術を誰もが親しみやすく、分かりやすく、身近なものにしようとしたわけです」

清貴の説明を聞き、小松は、なるほど、と感心の息をつく。

「こちらの『ゴールド・マリリン・モンロー』もウォーホルの作品ですね」

その作品は、小松も観たことがあった。

黄色の髪、ピンクの肌色、ブルーのアイシャドーのマリリン・モンローの顔だけの絵だ。

円生はというと、その近くにある絵に目を向けていた。

どんな絵に注目しているのか、と小松は歩み寄る。

黒い顔——髑髏《どくろ》なのだろうか？　が、画面いっぱい描かれていて、吠《ほ》えているようだ。

美術に疎《うと》い小松には、その絵の価値がよく分からず、ぽりぽりと頭を掻く。

「なんだか、落書きみたいだな」

小声でそう洩らすと、背後で清貴が小さく笑った。

「ジャン＝ミシェル・バスキアです。この作家は、元々、スラム街の壁にスプレーペインティングをしたのが始まりで、当時は『落書き』と言われていたそうです」

「あ、そうなんだ」と小松は振り返る。

「ですが、続けていくうちに彼の描く作品は、徐々に評価されるようになっていきます。やがてキース・ヘリングやバーバラ・クルーガーという人気アーティストの目に留まり、彼らの助けを得て個展を開けるまでになりました。やがて彼はウォーホルと運命の出会いを果たします。彼らは共同制作を始め、互いを刺激し合うんです」

「あ、ウォーホルって、さっきのスープ缶の作者か」

ふぅん、と小松は相槌をうつ。

「ですが、そのウォーホルが亡くなってしまいましてね。彼は不安定になったのかもしれません。薬物に依存するようになり、たった二十七歳で、ヘロインの過剰摂取《かじょうせっしゅ》で亡くなってしまったんです」

話を聞き終え、小松は、へぇ、と洩らす。

「今や、この絵に何十億もの値が付くのですからね」

うんうん、と頷く清貴に、小松は思わずむせた。

「な、何十億も？　この落書きに？」

「作品ですよ、小松さん」

清貴は鋭い眼差しで、小松に一瞥をくれる。

その迫力に、小松は「悪い」と身を小さくさせた。

「でも、俺には価値が分からないからなぁ。円生は何か感じるか？」

円生は、せやな、と小さく答えただけで、それ以上は何も言わなかった。

「こうした絵の価値は、技法だけではないんですよ。絵にこめられた魂の叫びのようなものに、惹き付けられる人がいるということです」

「たしかに、魂が剥《む》き出しって感じは分かる。けど、数十億か……そういや、バスキアって名前、どこかで聞いたな」

小松は、どこで聞いたんだ？　と腕を組む。

次の瞬間、祇園の路地が脳裏に蘇る。

昔の仲間が、円生に言っていた言葉だ。

『ほんなら、「バスキア」や「蘆屋大成」の作品はどうや　あいつらはもう死んでるし、一部でえらい人気があるやろ！』

……なるほど、贋作づくりを依頼したくもなるだろう。この絵に何十億もの値が付くのだから……。

小松は顔を引きつらせながら、バスキアの絵を眺める。

「なあ、あんちゃん、『蘆屋大成』って画家は知ってるか？」

ふと思い出して訊ねると、清貴は眉間に皺を寄せて、小首を傾げる。

「……いえ、僕は存じませんね」

「あ、そうなのか？　あんちゃんでも知らない画家がいるんだな」

「もちろんいますよ」

「円生は知ってるか？」

「名前をチラ聞きしたことがあるくらいで、作品は知らん。ふざけた名前の画家がおるんやなて思うてた」

そんなことを話していると、イーリンが「あら」と声を上げる。

「蘆屋大成の作品なら、このコーナーにあるわよ。最近、中国で人気なのよ……」

イーリンは「こっち」と歩き出す。

アメリカの近代美術から離れて、アジアコーナーに移る。

そこには、何も掛けられていなかった。

「まだ移されていなかったのね」

と、イーリンは残念そうに肩を下げる。

すると近くにいたスタッフが、そんなイーリンの様子を見て察したように言った。

『そこに掛けられるはずだった絵は、別会場の展示に決まったそうなんです』

『あら、別会場なんて設けたの？　聞いてなかったわ』

『あ、申し訳ございません。そういえば、これはボスのサプライズ企画でもあるようで』

『そうだったの』

イーリンは、ありがとう、と会釈をして、清貴の方を向いた。

「ここに掛けられるはずだった蘆屋大成の絵を持っているのは、父なのよ」

「ジウ氏が……」

「そうなの。父が北京のオークションで一目惚れして、落札した作品でね。実を言うと、『蘆屋大成』は、それまでほとんど無名の画家だったんだけど、父が購入したことがキッカケで、中国国内で人気が出始めて……」

その話を聞き、小松は妙に納得した。

セレブが無名の画家の絵に注目することで、評価が一変する。どこかで聞いた話だ。

清貴も、そういうことでしたか、と頷いている。

「時に富裕層は、埋もれたクリエイターの作品を救う役割を持っているのかもしれませんね。今回の企画も多くの人がアートに関心を持つキッカケになると思います。素晴らしいことですね」

「ホームズくん……」

イーリンは嬉しそう、というよりも、救われたような表情を見せる。

ジウ氏のやることに対して、『金持ちの道楽』という批判の声は大きい。それはイーリンの耳にも届いているのだろう。

「ありがとう。父が調べたところ、蘆屋大成はすでに亡くなっているそうなのよ。残念がっていたわ。でも、結構作品を遺していたそうで、探しているみたい」

すると円生が、忌々《いまいま》しげに舌打ちをした。

「『救う』たって、ゴッホ然《しか》り、死後、いくら価値が上がっても意味なんてあらへん」

「そうでしょうか。たとえ死んでからでも、自分の作品が評価されるのは喜ばしいことかと思います」

清貴はそう言って、付け加える。

「とはいえ、僕はクリエイターではないので、所詮外野の戯言ですね」

円生は何も言わずに苦い表情を浮かべているだけだ。

「ああ、約束の時間になるわ。皆さん、お集まりになる頃だし、ホールに行きましょう」

イーリンは急ぎ足でホールへと向かう。清貴と小松、円生も頷いて、その後に続いた。

2

上海博物館四階ホールには、先ほどまではなかった人だかりができていた。

ジウ氏が招いた鑑定士たちだろう。

スーツ姿の者もいれば、ボサボサ頭にジーンズに破れたTシャツという、鑑定士というよりもアーティストのような者もいるなど、さまざまなタイプ、多種多様な人種が集まっていて、ホールには異なる言語が飛び交っている。

ほとんどが四十代以上のようだが、若者の姿もあり、清貴や円生が若すぎて悪目立ちしているという感じでもない。

「――先生っ」

円生が颯爽と和服を纏《まと》った老人の許に向かった。

老人は白髭《しろひげ》を撫《な》でながら、「おお」と振り返る。

「久しぶりやな、円生」

「先生もお元気そうで」

円生は、にこりと微笑む。

老人は円生の師匠・柳原茂敏だった。

いつもの円生とはまるで違う様子に、小松はぽかんと口を開ける。

「……円生も本当の師匠の前では、ちゃんとしてるんだな」

ああ見えて、師匠のことは本当に尊敬し、慕っているようだ。

「本当ですね。いったい、猫を何匹かぶっているのやら」

隣で清貴が愉しげに言う。

「猫って、あんちゃんがそれを言うかよ」

小松は、肩を震わせた。

「そうや、先生。異国では何かと不便もあるて思いますし、上海にいる間、自分が先生の側にいましょか？」

「おおきに。せやけど、田口《たぐち》さんもいてるし大丈夫や」

円生の提案に柳原は微笑みながら首を振り、傍らに立つ男性に視線を送る。その男性は黒っぽいスーツに眼鏡を掛けた中年だった。見たところ柳原の秘書のようだ。

「今は清貴の許にいたらええ。その方が早いやろ」

「早い？」

円生は、解せないというように眉間に皺を寄せる。

それはそうだろう。円生は、清貴のことを認めてはいるだろうが、柳原のように手放しで尊敬しているわけではない。

教えを乞《こ》うならば、柳原が良いと思うのは自然のことだろう。

ただ、ライバル関係にある相手と一緒にいる方が、切磋琢磨《せっさたくま》して磨かれていくこともある。柳原は、そう言っているに違いない。

小松が、うんうん、と頷いていると、清貴が柳原の許に向かった。

「柳原先生、お久しぶりです」

「清貴君。円生が世話になって」

「いえいえ、僕は何も」

円生は「ほんまやで」と、柳原には聞こえないほどの小声でつぶやく。

「せや、清貴君、ジジイは来てるんか？」

柳原は、そっと周囲を見回した。

「祖父は、来ていません。今回のことは僕に譲ると言って」

柳原は、そうか、と相槌をうつ。その表情は曇りがちだ。

「柳原先生、祖父はもしかして……」

清貴が何かを言いかけた時、イーリンが皆の前に立ち、挨拶を始めた。

『皆様、お忙しいところお集まりくださり、本当にありがとうございます。この企画の主催者であるジウ・ジーフェイのアシスタントをしております、娘のジウ・イーリンと申します』

イーリンは聞き取りやすい、綺麗な英語でそう言った。

英語に明るくない小松と円生は、自動音声翻訳機と接続しているワイヤレスイヤホンを片耳に入れて、イーリンの言葉を確認する。

柳原には、田口という秘書が通訳をしているようだ。

『父は学生の頃、ニューヨークに留学をして、アートの素晴らしさに触れました。今の父は、上海もそんなアートな街にしたいという夢を持っています。今回の企画は、「世界中の素晴らしいアートを上海に集めて、多くの人に見てもらう」というコンセプトのもので、父の夢の実現に向けての大切なプロジェクトです。そこに贋作はあってはならないこと。それには、皆様のお力が必要です。どうぞよろしくお願いいたします』

イーリンはそう言って頭《こうべ》を垂《た》れる。

ホールにいる鑑定士たちは、大きな拍手をした。

その後、ジウ氏のスタッフが、各国鑑定士の許に行き、説明を始めた。

日本を担当しているのは日本語が堪能なルイであり、小松は鑑定士でもないというのに少しホッとした。

「一般公開は十日後ですが、その前日に関係者に向けてのプレオープン会を開催いたします。皆様は、プレオープンまでの八日間、美術品のチェックをお願いいたします」

ルイの説明に、日本の鑑定士たちは、はい、と頷く。

「そして、こちらは今回の関係者であることを証明するバッジなので、いつも見えるところにつけておいてください」

と、ルイは、まるで弁護士バッジのような金色のバッジを一人一人に丁寧に配る。

ちなみに日本人鑑定士は、清貴、柳原を合わせて十人。各々秘書や付き人、弟子を連れていて、まだ鑑定士ではない彼らも入場許可バッジを受け取っていた。

その様子を見ながら、小松と円生も遠慮なくバッジを受け取る。『喜』という字が横並びになった『双喜紋《そうきもん》』と呼ばれる、中華料理店などで観たことのある紋様だった。聞くと、喜びが二倍になるという意味がある、中国では縁起の良い紋らしい。

小松は、へぇ、と洩らしながらバッジを胸に付ける。

日本人鑑定士は男性も女性もいたが、皆年配者であり、風格もある。

清貴のような若輩者は訝しがられるのでは、と小松は心配に思ったが、

「清貴君、久しぶり。相変わらず男前ね」

「また、南青山にも来ておくれよ」

――どうやら、皆顔見知りのようだ。やはりこの業界は、狭い世界なのだろう。

「ところで、誠司さん、来てないいって？」

「あのお祭り好きの誠司さんが、こんな大きなイベントに顔を出していないなんて意外だなぁ」

口々にそう言われるが、清貴はただ微笑むだけで、特に何も答えはしていない。

清貴が一番このイベントに家頭誠司が出席していないことを、疑問に思っているのかもしれない。

「ほんなら、そろそろ始めよか。八日間は余裕があるようで、アッという間やで」

柳原の言葉に、皆は「そうですね」と顔を上げる。

この中では柳原が一番年配であり、尊敬も集めているようだ。

「では、僕たちは、焼き物を中心に識《み》ていきます」と清貴。

「せやな。わしも焼き物を識《み》るわ。ほんで、絵に強い人たちは先に頼む。物によっては、

科学分析が必要になるやろし、急いだほうがええやろ」

柳原の指示に日本の鑑定士たちは、了解、と頷き合い、そのまま展示室へと入っていく。

小松も、円生とともに清貴の後をついて、展示室に入った。

すでにケースの中に入った美術骨董品もあれば、まるで商品のように長テーブルに並んでいるものもある。テーブルには落下防止の手摺りが付いていて、警備員とスタッフが側で目を光らせていた。どうやら、展示はこれからのようだ。

「円生は、僕の側に」

清貴はそう言って、テーブルに並んだ茶碗のひとつに素手のまま触れた。

いつも彼は白い手袋をして美術品に触れているイメージがあるため、小松は一瞬ギョッとしたが、元々焼き物の鑑定は素手で行うのが基本だ。

清貴は、『本気の鑑定』の際には、手袋をつけない。今日は、最初から本気で挑んでいるということなのだろう。

茶碗は黄土色。形は、よく見る抹茶碗よりもスマートだ。波の絵にかかるように茶色い弓……いや、三日月が描かれている。

両手で包むように触れて、じっ、と目を落としている。かと思うと、茶碗をひっくり返して底を確認していた。

「それは、ニセモノなのか？」

触れている時間が随分長いので小松が訊ねると、清貴は、いえ、と首を振る。

「野々村仁清《ののむらにんせい》の『色絵波《いろえなみ》に三日月図茶碗《みかづきずちゃわん》』、本物ですよ。普段は日本の美術館に展示されているものです。こうして触れられるなんて、涙が出るくらい嬉しいですね」

清貴はしみじみと言う。どうやら、感慨に浸っていただけのようだ。

それにしても、涙が出るくらい嬉しいとは、少し大袈裟《おおげさ》ではないか？

「しかし、隣にあるこちらは、残念ながら仁清の贋作……というより、『写し』ですね」

と、清貴は肌色の茶碗を指して言う。

「仁清は『ろくろの名手』と言われましてね、作品はふっくらと丸みを帯びているんです。また、京焼きにおける『色絵の完成者』とも言われています。円生、観てください。真作のこの華麗な紋様。京文化の華麗さの顕《あらわ》れです。口縁《こうえん》が端整で見事です。一方でこの『写し』ですが……」

清貴は、隣の茶碗に視線を移す。

「なぁ、『写し』と『贋作』ってどう違うんだ？」

小松の質問については、円生が、「簡単に言うと『オマージュ』と『パクリ』の違いやな」

と簡潔に答えて、話の続きを促すかのように清貴を見る。

「ほんなら、その『写し』がなんやねん」

「ええ、この『写し』は仁清の茶碗を真似《まね》て、歳月が経ってしまったものですね。仁清は人気があるため、その模倣品が古くより多くつくられています。歴史の重みも加わるため、こうして、まるで真作のような顔をしてここまで来ているほど。こちらの『写し』は京焼きの茶碗としては優れているのですが、こうして仁清の作品と比べてみると胸に迫るものが何もないのが分かるでしょう」

「……せやな」

と、円生が頷く横で、小松は、まったく分からず、首が曲がるほどに傾げていた。

その後も、骨董品鑑定は続いた。

清貴は、日本の焼き物を識ていく。

古瀬戸《こせと》に黄瀬戸《きぜと》、織部《おりべ》、萩《はぎ》、古伊万里《こいまり》、古九谷《こくたに》、柿右衛門《かきえもん》、乾山《かんざん》――。

志野の茶碗を前にした時の清貴は、本当に嬉しそうだった。

薔薇《ばら》と葉《は》があしらわれた皿を前にすると、清貴は、これは……と弓なりに目を細める。

「鍋島《なべしま》焼です。ちょうど模倣《もほう》品を見付けたところだったので、比べやすいですね」

「鍋島焼？」

小松は、初めて聞く名前だった。

「佐賀《さが》藩、通称・鍋島藩が関わっているんですよ。十七世紀、鍋島藩は陶磁器の輸出を外貨獲得のための国策としていたんです。日本で唯一の『官窯《かんよう》』、つまりは政府の陶窯《とうよう》ですね。官窯は、素晴らしい陶工を集め、その技術が外部に漏洩しないようにしていました。そのため、寸法も形も紋様も、規格化された美しさがあるんです」

清貴は皿を手に、絵を眺める。大きさは直径十五センチくらいだろうか。

「『色鍋島《いろなべしま》薔薇図五寸皿』です。観てください、この絵の美しさ。円形の皿の中に美しく映えることを意識して描かれたデザインです。高台に整然と描かれた櫛模様、この鍋島焼の真作に比べて……」

清貴は、今度は隣にある皿を手に取る。同じように花と葉があしらわれていた。

「近付けようとしているのは伝わりますが、色絵から高台の櫛模様に至るまで、緊張感が足りません。誇りも感じられない。腕に覚えがある者が『鍋島焼はこんなものだろう』と似せていることが伝わってきます」

模倣品を手に清貴は、ふふっ、と笑う。

小松は素直に感心していたが、円生はそうではないようで、まるで苦虫を噛み潰したような顔をしている。

「ねぇ、こっち来て。すごいわよ」

女性の日本人鑑定士が声を上げた。彼女は独立展示ケースの前に立ち、こちらに向かって手招きをしていた。

ケースの側には、警備員が二人、無表情で仁王立ちしている。

その威圧感と、彼女の様子から、よほどのお宝が展示されていることが分かる。

小松はウキウキしながら、清貴、円生とともに展示ケースの前へと向かった。

「まさか、これを揃えるとは……」

「さすがね」

と、先に辿り着いていた鑑定士たちは、ざわめいている。

清貴はその作品を前に、ほお、と洩らした。

ケースの中には、茶碗が三つ、それぞれ少し離した状態で置かれていた。

「もしかして、これは……」

驚きから小松の目が丸くなる。

「なんや、おっさんも知ってるんや」

少し笑って言う円生に、「そりゃあな」と頷く。

小松でも知っている、とても有名な作品だ。

漆黒の茶碗。その表面には、滲んだシャボン玉のような紋様が七色に輝いている。

それは、国宝と呼ばれる——。

「……えっと、名前はなんだった?」

「曜変天目《ようへんてんもく》、やな」と円生。

清貴は、ええ、と頷いた。

「現段階で世界に三つしかないと言われている国宝です。この三碗をすべて揃えて展示しているとは、これだけでここに来る価値があるというものでしょう」

清貴は腕を組むようにして、指先は顎に当てている。

「あんちゃんは、もちろん、実物を観たことがあったんだろう?」

「はい。これまで何度か。この春も葵さんと美術館巡りをして、三碗とも観たんですよ」

「そういえば、やってたよな」

この春、曜変天目茶碗は、国内の三つの美術館で一斉に展示を行い、全国的に話題になっていた。

テレビや雑誌で大きく宣伝をしていたため、小松もそこで知ったのだ。

「俺も春に美術館を回って観てきたんや。せやけど長蛇の列やで。何時間もかかったわ」

こんなに簡単に観られることを知っていたら、と円生は少し悔しそうに息を吐く。

小松は、曜変天目茶碗に目を落としながら、嬉しさに頬が緩んだ。

「俺は初めて観たよ。ありがたいな。普段はどこにあるものなんだ？」

「静嘉堂文庫《せいかどうぶんこ》美術館、藤田《ふじた》美術館、大徳寺《だいとくじ》龍光院《りょうこういん》が所蔵しているんです」

そう答えた清貴に、小松は、へぇ、と洩らす。

「にしても、曜変天目茶碗って、思ったよりも小さいんだな。うちの娘が使っている小さめの御飯茶碗くらいじゃないか」

そんな小さな茶碗の中には、まるで天体望遠鏡から覗いた宇宙があり、神々しさを感じる。

「にしても……綺麗だな」

そんな乏しい言葉しか出てこない。これを三つ展示するために、どれだけの金をかけたのだろう？　などと俗っぽい疑問も浮かんだが、口にするのはやめた。

「美しいですよね。曜変天目は陶工が試行錯誤《しこうさくご》をするなかで、偶発的に誕生した奇跡の産物ともいえる逸品なんですよ」

清貴はしみじみと洩らしながら茶碗に目を落とし、頬を緩ませる。

「あんちゃんも、またこの茶碗を観られて嬉しいんだろ」

「ええ、もちろんです。ですが、いつまでも観ているわけにはいきませんね。鑑定の方に戻りましょう。思ったよりも量がありますし、柳原先生が仰る通り、八日間はアッという間かもしれません」

清貴は踵を返して、持ち場に戻る。

円生は、へー、とやる気のない声を出しながら、清貴の後に続く。

小松もしばらくは、二人の側に立っていたが、いい加減足腰が疲れてきたので、壁際の椅子に腰を下ろすことにした。

目の前のアジアコーナーでは、日本、韓国、中国などの鑑定士が懸命に展示品のチェックをしている。

ただのおまけである自分が、こんなふうに休んでいることに気が引けたが、側にいても邪魔なだけだろう、と自分の中で言い訳をした。

離れたところからあらためて、清貴と円生の姿を観察する。

清貴はとても楽しそうであり、それに引き換え円生は険しい表情だ。

「なんでだよ。鑑定士見習いなら、こういうところは楽しいものじゃないか？」

小松は頬杖を突きながら、ぽつりと零す。

鑑定士たちは、夕方まで展示品のチェックをして、初日の鑑定を終え、その後、一行は浦東の『上海楼』に移動することになった。

［3］上海楼

1

上海博物館から『上海楼』へは、ルイの運転するロールス・ロイスで向かった。

招かれた鑑定士たちは、それぞれ車が迎えに来ているようで、結果的に高級車が何台も連なっている。

その光景は圧巻だったが、バスを用意すればいっぺんに運べるだろうに、と小松は思う。

これは、庶民の発想なのだろうか？

「ほんま、金持ちは無駄が好きやな」

同じことを思ったのか、円生が車窓から外を眺めて、呆れたようにつぶやいていた。

たしかに金持ちというのは、省エネからほど遠い生活をしているイメージがある。

家族が少ないのに大きな家に住んだり、こうして車を何台も使って送迎をしたり……。

「これが、ジウ氏のおもてなしなのでしょう」

清貴はなんでもないことのように言って顔を上げ、ああ、と目を細めた。

「『上海楼』ですね」

気が付くと、建物は目の前だった。

ホテルのバルコニーから見た『上海楼』は仏舎利塔を思わせたが、近くまで来ると近代的な円筒の高層ビルという印象だ。

外壁は白く、窓面も多く、仏教的というより洗練された雰囲気であり、近くから見るのと遠くから眺めるのでは、イメージががらりと変わる。小松は感心しながら、ビルを仰いだ。

エントランスの入口前に到着すると、ホテルマンのようなスタッフが歩み寄り、後部座席の扉を開けた。

清貴、円生、小松の順に車を降りて、建物の中に入る。

一階ロビーに受付があり、「どうぞこちらです」と、スタッフは丁寧な日本語で言って、エレベータまで案内をした。

パーティ会場は最上階です、という説明を聞き、三人はエレベータに乗り込む。

小松には馴染みのない超高速エレベータだった。目的階を通り越して天井を突っ切るのではないか、はたまた到着した時にガクンと揺れて、首を痛めるのではないか？　と思わせる勢いで上昇していくエレベータに、若干の怖さを覚える。

だが、最上階に辿り着いても大きく揺れることもなく、チンッ、というレトロな音とともに、エレベータの扉が開いた。

安堵して胸に手を当てる小松に、清貴と円生は肩を震わせた。

「おっさん、エレベータに初めて乗った原始人かいな」

「あのスピードですから、怖くなっても仕方ないかもしれませんね」

二人の言葉は正反対だが、二人揃って茶化していることは伝わってくる。

小松は、ふんっ、と鼻息を荒くしながら、二人に顔を背けてパーティホールを見回した。

この最上階は仏舎利塔の屋根のようなドーム状の部分らしい。天井が緩やかなカーブを描き、頂点に向かってすぼまっている。

天井には、幾何学《きかがく》模様が描かれていて、まるでインドやトルコの寺院を思わせる。中央のすぼまった部分から、蓮《はす》の花を思わせる、それは大きなシャンデリアが下がっていて、ホールを明るく照らしていた。

パーティは立食形式のようで、会場の中央に長テーブルが何台も置かれ、その上には、和洋中さまざまな料理が用意されていて、美味しそうな匂いを漂わせている。

その側にはシェフや給仕、そして会場にはカルテットも待機していた。

ホールには、続々と招待客が集まって来ている。

上海博物館で会った鑑定士たちは、皆到着したようだ。

柳原は着いて早々、壁際の椅子に腰を下ろしている。

すると、白地に銀の刺繍《ししゅう》が施《ほどこ》されたチャイナロングドレスを纏ったイーリンが皆の前に現われて、マイクを手にした。

『皆さん、お待たせしております。父は会議が長引いていて、到着が少し遅れてしまうとのことで、先にパーティを始めたいと思います』

イーリンが英語でそう挨拶をしながら、シャンパングラスを手にする。皆もそれに倣《なら》ってシャンパンが入ったグラスを手にした。

『本日は本当にありがとうございます。このたびのご縁と皆様のご繁栄を心より祈って、乾杯』

乾杯、と皆はグラスを掲げた。

それが合図のように、カルテットが演奏を始め、シェフたちが調理を始める。

ゲストたちは、それぞれ自分の付き人に料理を取りに行かせていた。

「小松さん、何を食べたいですか?」

気を利かせる清貴に、小松は、いいよ、と首を振る。

「本当はここでは、俺があんちゃんの付き人と言ってもいいくらいなんだ。自分で取りに行くし、放っておいてもらっていいよ」

「そうですか。ああ、バルコニーでは喫煙もできるようですよ」

喫煙所はあるのだろうか、とホールを見回した矢先のことであり、この男は本当に心が読めるのかもしれない、と空恐ろしくなる。

すぐに行くのは癪《しゃく》なので、「そうか、それじゃあ、そのうちに」と強がって見せた。

「――清貴君、久しぶりだね」

背後から声がして、清貴は振り返る。

七十代と思われる紳士が、にこにこと微笑んでいた。

「これは、高宮《たかみや》さん、お久しぶりです」

紳士は高宮というらしい。

清貴は彼の前に行き、頭を下げた。

「誰だ？」

と小松は円生に耳打ちする。

「京都の岡崎《おかざき》に住む、えらい金持ちのじいさんや。美術品収集が趣味なんやて」

富裕層に嫌悪を覚えがちな円生だが、今の言葉には棘《とげ》はない。彼には悪い印象を持っていないようだ。というより、もしかしたら円生は、年配者のことは嫌いではないのかもしれない。

「高宮さんも招かれていたんですね」

ええ、と高宮は頷く。

「今回の展示会に、私が所有している作品も何点か寄託《きたく》しているんですよ」

「そうでしたか。それは楽しみです」

にこやかに答える清貴を前に、高宮は少し心配そうな面持ちで、一歩前に出た。

「ところで、清貴君」

「はい」

「誠司さんは、大丈夫かね？」

高宮は声を潜《ひそ》めていたが、小松の耳にも届いた。

「えっ？」

清貴は目をぱちりと開いて、彼を見詰め返す。

「祖父がどうかしたんですか？」

その時、ざわめきが起こった。

ジウ氏がホールに到着したようだ。

彼は五十代のはずだが、肌艶が良く若く見える。精力的な実業家という雰囲気だ。傍らに彼に似た若者が、秘書のように寄り添っている。おそらく息子——イーリンの異母兄だろう。

『皆様、遅れてすみません。ジウ・ジーフェイです』

ジウはよく通る声でそう言う。

『イーリンから聞いたかもしれませんが、私はこの上海をニューヨークのようにアートな街にしたいという夢を抱いています。ニューヨーカーにとって美術館や博物館は身近なものです。それは貧しい者にとっても同じことで、バスキアもニューヨークの決して裕福ではない家に育ちながらも、幼い頃から美術館に通い、アートに触れることで感性を育てていったと聞きます。私はまず上海市民にそうなってもらいたい。今回の企画は、その足掛かりになればと思っております。皆様、どうぞよろしくお願いいたします』

彼の言葉に皆は大きな拍手をし、すぐに人だかりができた。

「清貴君、後でジウ氏を紹介しますよ」

と、高宮は穏やかな口調で言う。

「ありがとうございます。ところで、祖父のことですが……」

「ああ、それについては、また今度ゆっくり」

そんな話を聞きながら、小松は煙草を手にバルコニーへと向かった。

外に出ると、先客が数人いて喫煙しながら楽しげに語らっている。

小松が煙草を口に咥《くわ》えていると、

『こんにちは』

横から英語が聞こえてきて、小松は顔を向ける。

そのくらいは聞き取ることができたが、耳に入れたままのイヤホンが、丁寧に彼女の言葉を翻訳《ほんやく》してくれた。

『お隣、いいかしら？』

そう言ったのは、四十代と思われる美しい女性だ。髪を夜会巻きにしていて、胸元が開いたドレスを纏い、妖艶《ようえん》に微笑んでいる。少しだけ開いた口許と、垂れ目がちな目元の泣きぼくろが色香を放っていた。

「あ、はい、どうぞ」

小松は日本語でそう返すと、彼女は、ありがとう、と隣に立つ。

秋人が連れてきたアイドルや令嬢イーリンも魅力的だったが、自分に娘がいるせいか、あまりに若い女の子は、子どもを見るような目でしか見られない部分もある。だが、同世代の女性となると話は別だ。

甘い花のような香りも相俟《あいま》って、その魅力にくらりと目眩《めまい》を感じる。

彼女は細めの葉巻《はまき》を咥えた。小松はすぐに火をつけると、『ありがと』と微笑む。

『日本の方よね？』

ええ、と小松はきりっと表情を整え、いつもより低い声で頷く。

『私はアイリー・ヤンよ。香港から来たの。よろしくね』

握手の手を差し伸べる彼女に、小松は気付かれぬようにズボンで手汗を拭い、手を握り返す。

白魚のような手には、見るからに高価な指輪やブレスレットがついていた。

『小松勝也といいます』

『今回の展示会に、私が所有している作品をお貸ししているのよ』

そう言って、ふふふと笑う。見るからに富豪の匂いがした。

小松は、やっぱり、と頷く。

まさに、香港マダム。女優と聞かされても、信じてしまうかもしれない。

『ところで、小松さん？』

『はい』

『あそこにいる男の子たちは、あなたが連れて来たのよね？』

と、アイリーは、振り返って清貴と円生を見る。

実際は、『連れて来てもらった』という方が正しいのだが、説明が面倒なので、小松は、はい、と答えた。

『あの子、素敵ね。黒髪に白い肌のスマートな美しい子』

アイリーは清貴に熱い視線を送って、葉巻の煙を吐き出す。

『ああ、そうですね』

『私、ひとつ下の階に滞在しているんだけど、今夜、あの子に部屋に来るよう伝えてもらえるかしら。決して悪いようにはしないからって』

小松は思わず日本語で「はあ」と答える。

『これが、部屋番号よ』

彼女は自分の名刺に番号と、『私に奉仕《ほうし》をしてちょうだい。あなたにとって悪いようにはしないから』というメッセージを書いて、小松に手渡す。

魅力的に感じていた彼女に対して、急に気持ちが萎《な》えるのを感じながら、小松はそれを受け取った。

アイリーは、お願いね、とウインクをして、ホールに戻っていく。

小松はぼんやりと名刺に目を落とし、スマホで検索する。

どうやら、小松の直感通り、彼女は若い頃、女優をやっていたようだ。その後、富豪と結婚して引退。だが、三年目で離婚をし、今は化粧品関係の会社の社長をしているようだ。

若い女性たちの憧れの存在にもなっているらしい。

ジウ氏の愛人、という噂《うわさ》もあるらしい。

愛人と言ってもジウ氏も彼女も独身なのだから、恋人同士と言っても良さそうだが、互いに『恋人』と公言している存在は別にいるようだ。

大人だねぇ、と小松はつぶやき、

「そんな大人で憧れのアラフォー女社長は、若いイケメンをご所望ですか」

やれやれ、と煙草を灰皿に押し付けて、ホールに戻る。

清貴は、難しい表情を浮かべて、腕を組んでいた。

「あんちゃん、なんて顔してんだよ」

小松が声をかけると、清貴は我に返ったように顔を上げた。

「すみません。祖父のことが気になっていまして」

「高宮氏の言葉か？」

ええ、と清貴は頷く。

「ここに来る前から、こんな大きなイベントに顔を出さないなんて変だと思っていましてね。体調でも悪いのかと心配したんですが、父によると変わらずに元気だという話なんです。僕も会いに行こうとしたんですが、忙しいと避けられましてね……」

「そりゃ、なんかあったんだろうな。あんちゃんに会ったら心を読まれるから、オーナーも会うのを避けてたんだよ」

「心を読むというのは大袈裟ですが……」

と、清貴は苦笑する。

その時、視界にアイリーの姿が入った。

こっちを見て、目配せをしている。

「あ、そうだ。あそこの香港マダムが、お前にこれをって」

小松は手にしたままの名刺を、清貴に差し出した。

「僕に……？」

「ああ、今夜、部屋に来てほしいんだってよ」

その言葉に、近くにいた円生がくっくと笑う。

「マダムのご指名やて。ホームズはん、おきばりやす」

清貴は、名刺を手にアイリーの方に顔を向けた。

視線が合うなり、彼女は妖艶に微笑む。清貴はにこりと笑って、名刺を片手で握りつぶした。

アイリーも小松も目を丸くし、円生は噴《ふ》き出す。

「あ、おい、失礼だろ」

「失礼はどっちでしょうか？　もし彼女が男で、僕が女性だったらと考えてみてください」

金持ちの社長が、若い女性に『今夜ワシの部屋に来て奉仕をしなさい。君にとって悪いようにはしないから』などというメッセージが書かれた名刺を渡したら、セクハラどころの騒ぎではない。

ま、たしかに、と小松は苦笑する。

「男も女も、金と権力を持つと同じようになるのかね？」

「それは性別関係なく、人それぞれなのではないでしょうか？　富める時も貧しい時も、人は品格を忘れないでいてほしいものです。ああ、自省を込めての言葉ですがね」

そんな話をしている間に、ジウ氏は『申し訳ない、これからまた仕事がありまして。どうかごゆっくり』と会場を後にした。

少し離れた場所にいた高宮がまた側にやってきて、少し残念そうに肩を下げた。

「清貴君に紹介したかったのに」

「またの機会があるでしょう」

清貴はさして残念でもなさそうな様子だ。

「でもご子息は残ったみたいだね。せっかくだから、挨拶をしようか」

高宮は、ジウ氏の側にいた青年の方に歩き出す。

清貴、小松、円生も彼の後に続いた。

『こんばんは、ジウ・シュエン（景軒）さん』

高宮は、易《やさ》しい英語で息子の背中に声をかけた。

青年は少し訝しげに振り返る。ジウ氏の息子であり、イーリンの異母兄・シュエンは、線で描いたような目鼻のとてもアッサリした顔立ちで、イーリンとは似ていない。

『お久しぶりです、高宮です』

高宮が名乗ったことで、彼は、ああ、と声を上げる。

『高宮さん。このたびは、ご協力ありがとうございます』

『いえいえ、素晴らしい企画にご協力できて嬉しいですよ』

『素晴らしいですかね？　上海市民の心を掴もうと一銭の儲けにもならないことに大金をかけて、がんばりながらも金持ちの道楽と揶揄《やゆ》されてばかりで……』

シュエンは、忌々しげにつぶやく。

娘のイーリンは今回の企画に賛同しているようだが、息子の方はそうではないらしい。

シュエンは、口が滑ったとばかりに話題を変える。

『高宮さん、あなたも大変でしたね』

『……まあ、仕方のないことですよ』

『処分はされないのですか？』

『処分も何も、私は制作過程を見ているんです。どうにも納得できないので、もう一度調べてもらおうと思っているのですが……』

『そうですか……』

二人の会話は、翻訳機を通して小松の耳にも届いている。だが、日本語で聞いたとしても、なんの話をしているのか分からないだろう。

『そうそう、彼は日本の若き鑑定士です』

高宮は、清貴の背に手を当てる。

『はじめまして、家頭清貴です』

握手の手を差し伸べる清貴に、シュエンは眉を微かに顰《ひそ》めた。

『家頭というと』

『ええ、彼は誠司さんのお孫さんです。彼はとても優秀ですよ』

そうですか、とシュエンは洩らし、『そうそう』と顔を上げた。

『君たち日本人鑑定士さんたちに、個人的に識《み》てもらいたいものがあったんです。よろしいでしょうか』

『ええ、もちろん』

シュエンは、側にいた付き人を呼んでその品を持ってくるよう指示する。清貴はホールにいる日本人鑑定士たちを呼び寄せた。

シュエンは、変に騒ぎにはしたくないから、とホールの隣の控室に移動した。

清貴をはじめとした十人の日本人鑑定士たちは、一体どんな作品なのだろう、と興味津々で控室に入った。

部屋の中央のテーブルの上に、小さな木箱が置いてある。

「箱は、新しいですね」

「元の箱はもうのうなってて、新たに作ったんやろ」

「中は茶碗のようですね」

あちこちから、ぼそぼそと声が聞こえる。

鑑定士たちのチェックは、箱からスタートしているようで、各々目を光らせている。

『これは、もしかしたら世界の宝に加えられる逸品ではないかと、私の許に持ち込まれた品なんですよ』

世界的大富豪の家に持ち込まれた、世界の宝になりえる品とはなんだろう？

小松や円生を含む、鑑定士の付き人も息を呑《の》んだ。

シュエンが、ゆっくりと蓋を開ける。

「っ！」

出てきた茶碗に、隣に立つ円生の肩がびくんと震えた。円生だけではなく、何人かの鑑定士が顔を強張らせている。

なんの知識も鑑定眼もない小松も、驚いていた。

曜変天目茶碗だった。

今日、上海博物館で観た三つの茶碗とは、紋様が違っているが、漆黒の中にシャボンのような斑点《はんてん》が美しく広がり、宇宙を思わせるのは変わらない。

「嘘だろ？」

と、鑑定士の一人が洩らしたことで、柳原は苦笑する。

すると清貴が、他の鑑定士にこれ以上の発言をさせるのを阻止するかのように、声を上げた。

『素晴らしい出来ですが、これは贋作ですね』

他の鑑定士たちは言葉を噤み、ぴくりとシュエンの眉が引きつった。

『……家頭さん、この素晴らしい茶碗を前に、贋作と言い切れますか？』

シュエンの声が上ずっている。

『ええ、実は近年、科学的に曜変天目茶碗を作り出そうとしているチームが存在しているんです。彼らが科学的に作り出す曜変天目茶碗の出来映えには驚かされるほどです。おそらくこれは、そこが作った茶碗が流出し、悪意を持った贋作に成り代わったものでしょう』

『悪意を持った贋作に成り代わるとは？』

『科学的に作り出した曜変天目茶碗に〝時代付け〟という年季をつける作業を行っているのです。これは曜変天目茶碗を再現したいという純粋な想いから生まれた茶碗が、金儲けの道具に変えられてしまっている証拠です。それに、どんなにこの紋様を美しく再現できても、土台の茶碗の姿が違っていては、贋作なのは一目瞭然です』

すると、秘書に通訳してもらっていた柳原が、こくりと頷く。

「そやな。これは贋作や」

『もし信じられないようでしたら、科学分析なさってみてください』

そう付け加えた清貴の言葉に、シュエンは悔しそうに顔を歪ませ、

『……分かりました。ありがとう、時間を取らせたね』

と、まるで逃げるようにホールに戻っていった。

苦虫を噛み潰したような横顔が強く印象に残る。

もしかしたら、この茶碗に大金を支払ってしまったのかもしれない。

鑑定士の中でも何人かの者が、シュエンと同じように悔しそうな表情をしていた。彼らは真作と思っていたようだ。

「実は最近、科学的に作られた曜変天目茶碗を識《み》たばかりだったんですよ。あまりの出来に驚かされたんです。それですぐに分かりまして……」

清貴はすぐに彼らの気持ちをフォローするように言う。

鑑定士たちは、そうだったんだ、と救われたような表情を浮かべたが、一人、悔しさを払拭できない者がいたようだ。

円生だった。

ぎりっ、と音が聞こえるほどに奥歯を噛みしめたかと思うと、次の瞬間、円生は部屋を飛び出したのだ。

すぐに清貴は、円生の後を追い、小松もそれに続いた。

「円生！」

清貴は、立ち去ろうとしている円生の背中に声をかける。

円生は足を止めたが、何も言わない。

「どこに行くつもりですか？」

「……もう、ええわ」

「何が、もう良いのでしょうか？」

「分かってるやろ。俺には無理や、どうがんばってもお前には追い付けへん」

円生は背を向けたままそう言う。

「今もそうや。俺は、あれを本物やて信じた」

「……今の贋作は、かなりの出来でしたよ」

他の鑑定士も真作だと思っていたくらいだ、難しい品だったのだろう。

「ちゃうねん。昼間かてそうや。俺は絵のことはなんとなく分かる。そやけど、前から焼きもんはさっぱりなんや。あんたが真作と模倣品の違いを教えてくれても、正直よう分からへん。あんたが贋作についてあれこれ悪く言うたびに、自分のことを言われてる気になる。せやねん、俺は根っからのニセモンやねん。そもそも、俺には、鑑定士に必要な『目』がないんや。俺は、あんたや葵はんとはちゃう！」

円生は背を向けたままの状態で、これまで溜《た》めこんできたすべてを吐き出すかのように強い口調で言い放った。

肩が小刻みに震えている。もしかしたら、泣いているのかもしれない。

訪れた沈黙の中、円生は大きく息をつく。

「もうええ、十分や。俺は鑑定士にはなれへん」

円生はそう言って、一度も振り返ることなく、そのまま歩き出した。

やがて姿が見えなくなる。

清貴は何も言わず、追い駆けることもしない。

小松は、『追い駆けなくていいのか？』と言いかけて、口を噤んだ。

清貴がとても切ない表情を浮かべていたからだ。

おそらく、清貴には円生の気持ちが手に取るように分かるのだろう。

だから、安易に追い駆けることなどできないのだ。

小松が弱り切って振り向くと、柳原も通路に出てきていて沈痛の面持ちを見せていた。

「柳原先生……いいんですか？」

小松が小声で訊ねると、柳原はそっと肩をすくめる。

「清貴君のところにいた方が〝早い〟とは思うてたけど、思ってたより早うて……」

そう洩らした柳原の言葉に、小松は「えっ」と目を瞬かせる。

「早い、って、そういうことだったんですか？　あんちゃんの側にいたらライバル同士、切磋琢磨して成長するってことじゃあ……」

「そうなる可能性にも賭《か》けたんやけど、あいつは『才』はあれど、鑑定士としてのもんやない。いわば、別世界の人間や。せやけど、この世界で生きたいてもがいてた。円生には、もっとその才を伸ばせる世界があるはずや、て、わしは思っていたんや。その結論を早く出させるには、清貴君の側が一番じゃろうて……」

そういうことでしたか……、と小松はつぶやく。

その時、場の空気を打ち砕くかのように、清貴のスマホが鳴った。

清貴は、失礼、とポケットの中からスマホを取り出す。

どうやら、電話ではなくメールだったようだ。

清貴は画面を見て、すぐに顔色を変えた。

「あんちゃん、どうしたんだ?」

「これを見てください……」

画面には、葵の写真が映っていた。

キャリーバッグを手に、好江とともに空港を歩いている姿だ。

そこは、国内の空港ではない。

おそらく、ニューヨーク──JFK空港だろう。

「ああ、嬢ちゃん、ニューヨークに着いたんだな……」

小松はそう言うも、すぐに言葉を詰まらせる。

次の写真は、葵と好江の後ろ姿だった。二人が地下鉄に乗っている写真も送られてきている。

葵も好江も、写真に撮られていることには気が付いていないようだ。

「なんだこれ」

次の瞬間、清貴のスマホが鳴動した。

今度は電話のようだ。

清貴は、知らない番号ですね、と洩らして電話に出る。

「――はい」

『お久しぶり、分かるかな？』

その声は、小松の耳にも届いた。

「ええ、分かりますよ、史郎さん」

菊川史郎だ。

『俺からのプレゼント、気に入ってくれた？　十三時間のフライトを終えて、期待と不安を胸にニューヨークの地に降り立った葵ちゃんの姿、見たかったよね？』

「…………」

普段の清貴なら、ここで気の利いた言葉の一つも返すのだろうが、今は何も言わずに口に手を当てている。

その顔面は蒼白になっており、事態を重く受け止めていることが伝わってきた。

〝あんちゃん、会話を引き延ばせ〟

と、小松は小声で言って、すぐに控室に置いてあったバッグを手にして戻ってきた。

バッグからノートパソコンとコードを出して、清貴のスマホとつなぐ。

小松は廊下の絨毯《じゅうたん》の上にパソコンを置き、座り込んでキーボードを叩いた。

「――ええ、お気遣いありがとうございます」

清貴は、平常心を取り戻したのか、落ち着いた口調で返す。

『礼には及ばないよ。実は君にお願いがあったんだ』

「お願いとは？」

『お願いは二つあるんだ。一つは、同じ会場にアイリー・ヤンという女性がいるだろう？　彼女は俺の顧客なんだよ。君をご所望のようだし、ぜひ、彼女を満足させてほしい。そしてもう一つは、パーティに出席している老人、高宮氏が今回の展示会に寄託した絵画を、こっそりと持ってきてほしいんだ』

「こっそり持ってくる？」

『高宮氏が寄託したのは、蘆屋大成の作品だ。俺はもう一度、ジウ氏の心を掴みたい。それには、蘆屋大成の作品が必要なんだよ』

「つまり、あなたは僕に、売春と泥棒を強要しているわけですね？」

『人聞きが悪いなぁ。彼女を満足させられたらそれでいいわけだし、どちらもあくまで、〝お願い〟だよ。無理にとは言わない』

「……高宮氏が所有している絵画を盗み出すことに成功したとして、ジウ氏はそんな盗品を所望すると？　それに、そもそも宝は他にもたくさんあるでしょうに、なぜ、蘆屋大成の作品を？」

『彼は、信じられないくらい蘆屋大成の作品に魂を奪われているんだ。他の作品では交渉にもならないけれど、蘆屋大成の作品ならば別なんだよ。たとえ盗品であろうとも、欲しいと思うはずなんだ。君にとっての葵チャンのようなものだ』

少し茶化したように言う彼に、清貴は、ふふっと笑う。

「ああ、僕のことをそんなふうに思っておられたのですか？　それで彼女の写真を送ってきたわけですね」

『そうだね。君のアキレス腱《けん》だし』

「葵さんは好きですよ。彼女には弱いですし、とても可愛いと思っています。ですが女の子は他にもいます。ジウ氏にとっての蘆屋大成ほどかと言われると……。僕は自分が一番大切な男でしてね」

これは清貴の、葵を護るための嘘だ。

その証拠に肉に爪が食い込むのではないかと思うほどに、拳を握り締めている。

だが、言葉だけ聞いていると、それは本心ではないかと思わせる迫真の演技だった。

『……まぁ、たしかに。君は自分の人生と恋人を秤《はかり》にかけた時、迷うことなく自分の人生を選びそうだよね』

「よくご存じで。ですので、あなたのお願いは聞けませんね」

清貴は、今にも電話を切るような口ぶりで言う。

『でも、君はやらなきゃいけない』

「どうしてでしょう？」

『家頭誠司の汚名を晴らしたいだろう？』

「祖父の？」

『俺がジウ氏に切られたのは、蘆屋大成の贋作を彼に売ってしまったからだ。俺はあれをニセモノだとは思っていなかったんだよ。たしかな筋から仕入れたものだし、念のため、人を使って家頭誠司にも識てもらったんだ』

清貴が大きく目を見開いた。

「どうして祖父に？　絵画は専門ではないのですが」

『家頭誠司は、蘆屋大成が生前に開いた個展にも行っていたという情報を掴んだんだ。専門じゃないにしても一度観たことのある絵となれば違うだろう？　家頭誠司に太鼓判を捺《お》してもらえたら間違いないだろうと思ってね。結果、家頭誠司は、「本物に間違いない」と断言したんだ』

「――――っ」

『この出来事は一部の者しか知らない。でも、君が協力してくれなければ、世間に広めることにするよ。とても大袈裟にセンセーショナルにね。そうしたら、これまで積み重ねてきた家頭誠司のキャリアはすべて地の底だ。その影響は君にも小さくないだろう？』

「……そもそも、僕はただの見習い鑑定士。盗みができるとでも？」

『普段の君には無理だろうけど、君は今、鑑定士としてジウ氏のテリトリーに入っているんだ。それに加えて、君の能力を駆使すれば不可能ではないはずだ』

「……それは、どんな絵なのでしょうか？」

『俺も見ていないから分からないけど、中国の風景画だという話だ。君なら観たらすぐ分かるだろう。蘆屋大成の描く作品には、存在感がある』

「いつまでに？」

『それはもちろん、作品が上海にあるうちに。そうそう大ごとにしたくないから、君の葵チャンにはこのことを伝えないようにね。帰国させるなんてもっての外《ほか》だよ。帰国させたって、同じように監視はつけるし、約束を破ったということで、怪我をしてもらうことになるかもしれない』

「……分かりました」

清貴は額に手を当てて、大きく息をつく。

『分かってもらえて嬉しいよ』

「もし、成功した際、その絵画はどこに運べばよいのでしょうか？」

『場所は後でメールしておく。それじゃあ、また』

電話が切れるなり、清貴は血相を変えて前のめりになって、画面を確認した。

「小松さん」

逆探知できたのか、気になっていたのだろう。

ああ、と小松は頷く。

画面には、上海市の地図が表示されていた。

細かく特定はできていないが、南京東路辺りにマークがついていた。

菊川史郎は、ニューヨークではなく、上海市内にいるようだ。

「――あの写真は誰かを雇って撮らせたものやな」

清貴は、くしゃくしゃと頭を掻く。

その言動から、彼の動揺が伝わってきた。

清貴は黙り込んでいたが、「そういえば」とスマホを手にし、SNSを開いた。

『母親がニューヨークに行くというので僕も便乗。といっても、母は男子禁制のイベントに参加するらしくて、滞在中は別行動だけどね』

どうやら利休のSNSのようだ。

JFK空港をバックに、ピースサインを自撮りして掲載している利休の投稿に、清貴は微かに表情を和《やわ》らげる。

「そうでした。好江さんもニューヨークに行くなら、自分も行きたいと言っていたんです。父も『どうぞ行ってきてください』と言っていまして……」

すぐに、スマホを手に利休にメッセージを送り始めた。

『詳しいことは後で説明しますが、僕は今、葵さんを盾に脅《おど》されています。どうか滞在中、葵さんのボディガードを務めてください。ただし、女性限定のツアーなので女性の振りをしてくださいね』

一方的な清貴の申し出に、その文面を確認した利休の『え、なんだよ、それぇ』という悲鳴のような声が聞こえてくる気がした。

『あなたしか頼れません。よろしくお願いいたします。あと、葵さんが狙われているということは、彼女には内密にしてください』

清貴はそれだけ打ち込んで、スマホをポケットに入れる。

「まず、蘆屋大成について調べたいと思います」

強い口調で言う清貴に、小松は無言で頷いた。

[4] とある画家の秘密

1

菊川史郎から『お願い』という名目の脅しを掛けられた清貴は、大急ぎで動き始めるかと思えば、そうではなかった。

じっくり事を進めた方が、葵の身の安全がより長く保証されると考えたようだ。

円生はというと、小松が何度も電話をかけたが、それに応答することもなく、姿を見せていない。

スーツケースとパスポートをホテルの部屋に置いたままだったので、まだ上海にいることと、いずれは部屋に戻って来ることは明白だった。

清貴は、上海博物館での鑑定を半日休ませてもらい、高宮が滞在するホテルへと向かっていた。

彼が滞在しているのは、浦東の森ビル、上海ワールド・フィナンシャルセンターだ。

百一階建てのタワービルであり、上海ヒルズとも呼ばれているらしい。

高宮は九十三階のスイートルームに滞在していた。

エレベータに乗ると、お辞儀をした人間が三人並んだ真っ白なオブジェが壁に埋め込まれていて、ギョッとする。

これも近代アートというものなのだろうか?

このビルのエレベータも高速であり、アッという間に九十三階に辿り着いた。


「――やあ、よく来てくれましたね」

高宮は朗らかに、清貴と小松を部屋に招き入れてくれた。

上海ヒルズのスイートルームは、ヨーロピアン調というわけではなく、どちらかというとシンプルで洗練された雰囲気の部屋だ。

ホテルの一室とは思えない高い天井は、開放感に溢れていた。

窓からは、東方明珠電視塔を眼下に見下ろすことができる。

こんな部屋で一晩でも過ごしたら、世界の勝者になった気分に浸れそうだ。

「お時間いただいてしまいまして……」

「いやいや、常に私は時間に余裕があるから、歓迎ですよ。どうぞお掛けください」

高宮に促され、小松と清貴はソファーに腰を下ろす。

「いやぁ、素晴らしい景色ですね」

小松がそう言うと、高宮は、そうですね、と微笑む。

「ジウ氏は展示会プレオープンの夜に、花火を打ち上げるそうで、今から楽しみですよ」

高宮は手慣れた様子でお茶を淹《い》れて、清貴と小松の前に置いた。

ありがとうございます、と二人は会釈をする。

一口飲んで、清貴はしっかりと高宮を見た。

「祖父のことと、蘆屋大成という画家についてお訊きしたかったんです。シュエンさんとの会話を聞いていて、もしかしたら、と思ったんですが、高宮さん、あなたは蘆屋大成の作品を何点か所有していて、それを寄託しようとしたものの贋作判定を受けて、取り下げたのではないかと」

小松は話を聞きながら、先日のパーティでのシュエンと高宮の会話を思い起こす。

『高宮さん、あなたも大変でしたね』

『……まあ、仕方のないことですよ』

『処分はされないのですか？』

『処分も何も、私は制作過程を見ているんです。どうにも納得できないので、もう一度調べてもらおうと思っているのですが……』

『そうですか……』

高宮は、弱ったように目を伏せた。

「実は、そうなんですよ。それがどうにも解せなくて……」

「贋作ということがですか？」

ええ、と高宮は頷き、腰を上げる。

「どうぞ、こちらに来てください」

清貴と小松も立ち上がり、高宮の後に続いた。

彼は、奥の部屋の扉を開ける。そこには、絵画が五点、立てかけられていた。

日本の風景画が二点、中国の風景画が二点、そして曼荼羅《まんだら》が一点、計五点だ。

とても美しく描かれていて、小松にとっては首を傾げる近代アートよりも、ずっと価値があるもののように思えた。

「こちらが、蘆屋大成の作品ですね」

ええ、と高宮は頷く。

「すべてそうです。私が蘆屋大成という画家に出会ったのは、今から二十五年くらい前でしょうか。無名の画家たちが集まって大阪で個展を開いていたんですよ。私は彼の作品をとても気に入りましてね。その後、彼の個展を開くお手伝いもさせていただきました。その時には、誠司さんも観に来てくれたんですよ」

清貴は黙って話に聞き入る。

「誠司さんも蘆屋さんの作品を見て、『良い腕やな』と認めていました。彼もその言葉を励みに、がんばると言っていたんです」

そんなことがあったんだ、と小松は相槌をうつ。

「ですが、残念なことに、その時の個展で売れた絵は数枚でした。ちなみに、ここにある絵はすべてその時に展示していた作品です。そしてこの中で売れたのはその曼荼羅だけでした。他の四点は、当時私が買い取ったものです」

ここにある五点の絵画は、すべて約二十五年前の個展で展示されていたもの。だが、この中で売れたのは曼荼羅だけ、残りの四点は高宮が購入か……と小松は相槌をうつ。

「彼は、個展で思うように絵が売れなかったことで落ち込みましてね……。その後、スランプになってしまい、姿を消してしまったんですよ」

高宮は残念そうに言ったあと、ですが、と続ける。

「それから十年近く経って、彼がまた復活したという話を耳にしました。以前よりも素晴らしい絵を描くようになったと。復活した彼の絵は、少しずつですが、日本よりも中国で受け入れられていたようですね。私もたまたまなんですが、中国国内で復活後の蘆屋作品を見付けまして、一点購入することができたんです。その作品が素晴らしくて、ぜひ、もう一度、彼に会いたいと思っていたんですが、彼は既に亡くなってしまっていたんです」

高宮はそこまで話して、大きく息をつく。

清貴は、曼荼羅に目を向けた。

「この曼荼羅は、金剛頂経《こんごうちょうぎょう》を主とした『金剛界曼荼羅《こんごうかいまんだら》』ですね。こちらは、当時の個展で売れたということですが、どういう経緯でここに？」

「この絵が騒動のキッカケなんです。この絵は、美術品ブローカーが、ジウ氏に売るためにどこからか探してきたものなのですが、そのブローカーは、ジウ氏の許に持ち込む前に、誠司さんのところに絵を送って、『この作品は蘆屋大成のもので間違いはないだろうか？』と確認したそうなんです。約二十五年経っているとはいえ、誠司さんは蘆屋大成の個展で、実際にこの絵を観ています。『間違いない。これは、あん時の作品や』と誠司さんは太鼓判を捺しました……それには、私も異存はありません」

その美術品ブローカーが、菊川史郎ということだ。

菊川史郎は蘆屋大成の絵を探して回り、二十五年前の個展で売れた数少ない作品――この絵を見付け出し、家頭誠司の鑑定を経て、ジウ氏の許に持ち込んだというわけだ。

「ジウ氏は、それを信じてこの『金剛界曼荼羅』に大金を払いました。しかし手に入れてから、既に家にある蘆屋大成の作品とは違うように感じたそうです。技法は似ていても、心を掴まれなかったと。それで徹底的に調べようと科学分析を依頼したところ、別人によるものだという結果が出たそうです」

清貴は、無言で眉根を寄せる。

「相当、腕の良い贋作師が蘆屋大成の作品を作ったのだろう、という話でした。

しかし、蘆屋大成は、ジウ氏が注目するまで、ほぼ無名だった画家です。そんな作家の贋作を用意するのは、絵を持ってきたブローカーしかいない、とジウ氏は激怒しましてね、それまで気に入っていたそのブローカーを切って、この絵を処分しようとしました。私は、慌ててそれを阻止して、この絵を預かったわけです」

そうして、今ここにあるわけだ。

「一方の私は、ジウ氏が蘆屋大成の絵を気に入ったという話を聞いて、意気揚々と今回の展示会に寄託しようと、所有していたすべてを上海まで持ってきたのですが、そんなことがあったので、私も科学分析をすることにしました。すると、今ここにある作品すべてが贋作という結果が出たんです」

清貴は、つまり、と腕を組む。

「ジウ氏が、北京のオークションで一目惚れして落札した蘆屋大成の作品と、ここにある蘆屋大成の作品は、別人のものだったと科学的に証明されたわけですね。ですが、祖父もあなたも蘆屋大成本人が開いていた個展で、実際にこの絵を観ているから納得がいかないと……」

ええ、と高宮は頷く。

「本物と鑑定されたのは、私が後に中国で購入した蘆屋大成の復活後の作品だけでした。それは、今回の企画に寄託させていただいているんです」

その作品を菊川史郎が盗み出せと言っている。

おそらく盗難騒動のほとぼりが冷めた頃、自分が見付けてきた、とジウ氏に売りつけるつもりなのだろう。

「どんな絵なのでしょうか？」

「古《いにしえ》の中国の町並みを描いたものですよ」

「高宮さんは、贋作と鑑定を受けてしまった前期の蘆屋作品と、復活後——後期の蘆屋作品の違いをどう見ておられますか？」

「たしかに作風は違っていますね。少し仏教色がついているというか。ただそれは、成長だと思っていました。フェルメールが空白の時代を経て作風を変えたように、蘆屋大成もそうなのだろうと」

ふむ、と清貴は腕を組む。

「フェルメールの空白の時代って？」

小松がぽつりと訊ねると、清貴は「ああ」と顔を上げる。

「フェルメールは、『真珠の耳飾りの少女』で知られる十六世紀に活動したオランダの画家でして」

「それは知ってるよ。青いターバンの女の子が振り向いている絵だろう？」

今、フェルメールの絵を手に入れようとしたら、何十億もの大金が必要だろう。

それだけに、盗難や贋作も多かったという人気の画家だ。

「彼は初期、宗教画を描いていまして、作品を発表していない空白の時代を経て、風俗画を描くようになるんです」

現代において、よく目にしている作品は後期のもののようだ。

「かつて、ある贋作師が、あえてその空白の時代に描いたと思わせる贋作をつくり上げ、ナチスの高官に十四億で売るという、大胆不敵なことをやってのけたこともあるんですよ」

清貴の話はこうだった。

フェルメールの贋作師として知られているハン・ファン・メーヘレンは、『姦通の女』という絵画を、フェルメールの作品としてナチス高官のヘルマン・ゲーリングに売却したそうだ。そうして大金を掴んだメーヘレンは、贅沢三昧な日々を送る。

そんなメーヘレンの前にオランダ陸軍が訪れ、『ナチスに国宝を売った売国奴』として逮捕した。どうしようもなくなったメーヘレンは、売ったのは本物ではなく、自分が描いた贋作だと打ち明け、警察の前で実演し、証明して見せる。すると、メーヘレンは一転してナチスに一泡吹かせた英雄と讃えられたそうだ。

思わぬ逸話に、小松は、へええ、と声を上げる。

「もしかしたらジウ氏は、その時のナチスの高官のような気分になったのかもしれないな」

高宮は、そうでしょうね、と頷き、苦い表情を浮かべる。

「とはいえ、やはり納得できないんです。私も誠司さんもそうです。誠司さんは、贋作だったという事実に大きなショックを受けました。自分の目が衰《おとろ》えてしまったのか、などと仰るくらいに……」

清貴は、そうでしたか、と頷く。

これまで疑問に思っていたすべてのことに、合点がいったようだ。それで、家頭誠司は、今回の企画に参加せず、清貴を推薦したのだろう。

鑑定を誤った身で、のこのこジウ氏の前に顔を出せるはずもない。

また、高宮同様、納得できないという面もあったに違いない。

「あなたが所有している、真作と鑑定された後期の蘆屋作品を観たいのですが」

「もう、ジウ氏に預けていますよ。最初は、上海博物館に展示すると言っていたけれど、別会場に展示することになったと聞いています。その会場がどこになったのかは分かりませんが……」

そうですか、と清貴は腕を組む。

「そうそう、ジウ氏が所有している蘆屋作品は、どんな絵なんでしょうか？」

「それも、曼荼羅なんです。『胎蔵界《たいぞうかい》曼荼羅』ですね」

ほぉ、と清貴は相槌をうつ。

「『両界《りょうかい》曼荼羅』になるわけですね」

「ええ、どうにも、もやもやするでしょう？」

「そうですね」

高宮は苦い表情を浮かべたあと、「そうだ」と顔を上げた。

「今回の騒動で、家にあった写真を取り寄せたんですよ。それは、二十五年前の個展の時に撮った蘆屋大成の作品なんです。良かったら見ますか？」

「それはぜひ」

少々お待ちください、と高宮は立ち上がり、棚から黒い表紙のファイルを持ってくる。

清貴はすぐに手袋をつけて、それを受け取って開いた。

先ほど見た、風景画の写真が並んでいる。

あとは仏画だ。観音菩薩《かんのんぼさつ》や薬師如来《やくしにょらい》が描かれている。

色鮮やかで美しく、日本の仏画というよりもインドやチベットの仏画という雰囲気だ。

「この頃から、仏画も描かれていたんですね」

「蘆屋大成の作品が中国で売れ始めたのは、仏画がキッカケだったようです」

「分かるような気がします。繊細《せんさい》ながらも、力強く美しい。もしかしたら、自分の描いた仏画が中国で売れ始めていることを知って、蘆屋大成は復活したのかもしれませんね」

独り言のように告げた清貴に、高宮は、それはあるかもしれません、と頷く。

「それで復活後の作品は、仏教色が出ているのでしょうね。私が今回、寄託した中国の町並みの絵も、仏教色が色濃く出ているんですよ」

ふむ、と清貴は相槌をうち、顔を上げた。

「ジウ氏は仏教美術が好みのようですし、惹《ひ》かれたわけが分かる気がしました。ちなみにジウ氏はいつも『胎蔵界曼荼羅』をどこに飾っていたのでしょうか？」

清貴は、強い眼差しで問う。もしかしたら、まだそこに飾られている可能性もあるのだ。

高宮は、ああ、と顔を上げる。

「『上海楼』内の、ジウ氏の部屋です。ですが、今はその部屋には、アイリー・ヤンさんが滞在しているかと。彼女は、ジウ氏にとって特別な女性のようで」

「アイリーさんがジウ氏の愛人っていうのは、本当のことなんですね？」

と小松は声を裏返しながら、訊ねる。

「愛人というよりも、ジウ氏は単純に彼女のファンだったようですよ。青年時代に抱いた憧れというものは、永遠に残るのでしょうね。ですので、ジウ氏は彼女に惜しみない援助をしながらも束縛することなく、良好な関係を続けているようです」

大人だなぁ、と小松はぽかんとした。

「いろいろと教えてくださってありがとうございました。祖父のことが分かってスッキリしました」

清貴は礼を言ったあと、

「どうやら、僕はどうやっても彼女の部屋に伺わなくてはならないようですね」

と、小声でつぶやき、肩を落とした。

2

そうして、清貴はアイリー・ヤンの部屋を訪れることとなった。

黒いスーツに真っ白いシャツ。ワインレッドのネクタイをつけて、準備をしている。

清貴がアイリー・ヤンの部屋を訪れる前に、小松は頼まれたことが二つあった。

一つは、アイリー・ヤンの過去を調べ上げるということ。

もう一つは、清貴は盗聴器と小型カメラをつけた上でアイリー・ヤンの部屋に乗り込むので、小松にはその状況をリアルタイムで確認してほしいということだった。

証拠と証人の確保なのだろう。

「……あんちゃんが、身売りしてる現場を観てろって？　気が進まねぇなぁ」

小松がぼやくと、清貴は愉しげに目を細めながら、盗聴器や小型カメラを搭載した黒縁の眼鏡を掛ける。

「ご心配なさらず。あなたのおかずにもならないと思いますよ」

「なんてことを言うんだよ。しかし、その眼鏡、少し懐かしいな」

「本当ですね」

大麻教事件で、教団本部に乗り込んだ時に清貴が掛けていたものだ。

清貴のスマホが鳴動した。

「ルイさんからです。アイリーさん、会ってくれるようです」

アイリーの許を訪ねたいという旨は、ルイを通して伝えてもらっていた。

てっきり、アイリーは、あんな態度を取った清貴を、突っぱねるかと思ったのだが……。

清貴はジャケットを羽織り、にこりと微笑む。

「では、行ってきますね」

「ああ」

小松は複雑な気持ちで、部屋を出て行く清貴の背中を見送った。


『小松さん、見えますか？』

パソコン画面には、清貴が見ている景色が映されていた。

今は停まっているホテルのエレベータの中にいるようだ。

小松はノートパソコンをテーブルに置き、ソファーに腰を下ろす。

「ああ、バッチリだ。……身売りする時は眼鏡を外していいからな」

小松がそう言うと、景色が揺れた。清貴が、肩を震わせて笑っているようだ。

「呑気《のんき》なもんだよな。俺の方が胸を痛めているよ」

清貴は愛する人を救うために、身を投げ出そうとしているのだ。

単純に、嫌だな、と感じている。

葵は、清貴が自分を救うために他の女と一夜をともにしたと知ったら、それを許すことができるのだろうか？

もやもやが募るも、清貴こそ誰よりも葛藤しているに違いない、と小松は気を取り直す。

清貴は、ホテルからタクシーで上海楼へと向かっていた。

すっかり陽は落ちているが、上海の夜景は驚くほど明るく美しい。

やがて、上海楼に到着した。

清貴は車を降りて、建物の中へと進んでいく。小松はその様子を画面越しで確認していた。

ビルのスタッフたちは、清貴が来ることを承知していたようで、一礼してエレベータを使用する際に必要なカードキーを手渡した。

『ありがとうございます』

清貴は礼を言って、エレベータに乗り込み、カードキーを使って利用階——アイリーが滞在している階のボタンを押した。

画面越しにも、エレベータが高速で上昇していくのが感じられる。

小松の方が、妙な緊張感で手に汗が滲んでくるようだ。

彼女が滞在している部屋は、通路の突き当たりだ。清貴は扉の前に着くと、躊躇《ちゅうちょ》もせずにインターホンを押した。

「ためらいなしかよ……」

小松は悔しさを覚えながら、思わずつぶやく。

少しの間があり、扉が開いた。

アイリーは、胸元が大きく開いた赤いドレスを纏っており、赤ワインが入った大きなグラスを手にしていた。

彼女は、『こんばんは』と微笑んだかと思うと、グラスを掲げて清貴の頭上からワインを垂らす。

ボタボタと赤い液体が、白いシャツに染みをつけた。

『昨夜は恥をかかせておいて、今さらなんなのかしら。のこのこやって来たあなたを喜ぶとでも？』

彼女はそう言って扉を閉めようとしたが、清貴は足先でそれを阻止して、無理やり部屋に押し入る。

『乱暴ね。強盗だって警察呼ぶわよ』

『どうぞ。僕は、事前に伺いたい旨を伝えていて、あなたは了承しているわけですから。ルイさんという証人もいます。ああ、このタオル、お借りしますね』

清貴は答えも聞かずに、棚の上にあったタオルで頭と顔を拭った。

『どうぞ、そのタオルは床拭き用よ』

アイリーはソファーに腰を下ろしながら、あはは、と笑う。

『構いませんよ。このタオルは未使用のようですし、そもそも、あなたが自ら床を拭いたりしないでしょう。だからこれは床拭き用ではない』

少しも動じない清貴に、アイリーは面白くなさそうに腕を組む。

『昨夜はあんな態度を取りながら、どうしてここに来る気になったわけ？』

『あなたは、僕をなんとしても呼びたかったから、菊川史郎に連絡したのでしょう？』

そう返した清貴に、アイリーは大袈裟に肩をすくめた。

『私から連絡なんてしないわ。あの男から連絡があったのよ。「あなたがお気に召した様子の小僧を、そちらに向かわせますから」ってね。まさか本当に来るとは思わなかったけど。それにしてもあの男、ジウに切られたくせに、情報だけはとびきり早いわね』

『…………』

清貴が眉根を寄せたのが、見える気がした。

なぜ、史郎は、アイリーが清貴を気に入っていたのを知っているのか？

パーティ会場に、史郎の手先がいたのだろうか？

『で、こうも言ったわ。「おそらく、この部屋にある蘆屋大成の絵を観たがるだろう」って。残念ね。あの絵は、もうジウが移動させているのよ』

『博物館とは別の会場ですか？』

『ええ、そういうこと。彼自身がセレクトした作品を他のところに特別展示することにしたそうよ。その場所は私も聞かされていないから、どこにあるか分からないわ』

残念ねぇ、と彼女は手をひらひらとさせる。

『史郎は、あなたが私を満足させられなかったら、追い返していいって言ってるの。その場合、あなたにとって都合の悪いことがあるのかしら？』

アイリーは、頬杖をついて試すような目を向けた。

『……すみません。濡れて気持ち悪いので、シャワーをお借りしても良いでしょうか？　できればバスローブもお借りしたいです』

アイリーは微かに口角を上げて、どうぞ、と手でシャワールームを示す。

先ほどまであんな態度だったのに、明らかに期待を隠しきれていない。

ありがとうございます、と清貴は眼鏡をテーブルの上に置いてバスルームに向かった。

清貴の姿が見えなくなったあと、アイリーはいそいそと立ち上がり、口内洗浄液で口をゆすいだり、ベッドルームに続く扉を全開にしたり、自らに香水を振りかけたり、髪を整えたり、ソファーに腰を掛けるスタイルを模索したりと、忙しそうにしている。

その姿は痛々しくも、可愛らしくも感じられた。

明らかに見てはいけないものを見てしまっていることに、小松は心から申し訳ない気持ちになる。

しばらくして、清貴がバスローブを身に纏い、バスルームから出てきた。

バスローブの色は黒。

白い肌が際立ち、その色香にアイリーがたじろいだのが分かる。

『昨夜はあなたを侮辱するような真似をして、すみませんでした』

『まぁ、もう、いいわ。ワインを掛けて、すっきりしたから』

そう言ってアイリーは、ワインを口に運ぶ。

『実は、母を亡くしているんです。二歳の時に……』

その言葉にアイリーは、一瞬動きを止めた。

『幼すぎたので、母のことはよく覚えていないんです。母の顔はハッキリと浮かびますが、それは当時の記憶ではなくて、残された写真を何度も見てきたからです。実際になんとなく覚えているのは、母はとても色が白い人だったことなんですよ。その白魚のような手で、頭や頬を優しく撫でてくれた記憶が、なんとなく残っているんです』

アイリーは清貴の言葉を遮ることをせずに、黙って聞いている。

アイリーには、離婚歴がある。

前の結婚で子どもを授かっていたが、離婚の際に親権を争い、結果、息子を父親に奪われている。アイリーの経済力が不安視されたのと、彼女の男癖の悪さを指摘されたらしい。

離婚の原因が夫の浮気にもかかわらず、だ。

その裁判で、彼女はこのように言っている。

〝経済力が何よ！　息子が側にいてくれたら、息子のために死ぬ気で働くわ！〟

〝男癖の悪さだなんて、そんなの母親になる前の話じゃない！　私が異性を求めてきたとしたら、それはすべて子どもが欲しかったからよ！　そうして息子を授かった。世界中探してもどこにもいない、最高で唯一の存在よ！　そんな素晴らしい宝が側にいるのに、他の男なんて、もう必要ないわ！〟

そんなアイリーの涙の訴えも、結局は通らなかった。

父親側はありとあらゆる画策をし、アイリーがただの友人の車に乗っている写真を淫《みだ》らなことに結び付け、またアイリーが女優時代、プロデューサーと関係を持っていたことまで調べ上げて暴露した。

そんな母親の許にいては可哀相だ、という言葉にアイリーの心は折れて、ついには親権を諦《あきら》めた。

その後、前夫は再婚していて、息子は幸せに暮らしているらしい。

今、アイリーは、息子の心を乱してはならないと、会いには行かず、絶縁状態のようだ。

『あなたと母は似ても似つかないのですが、あなたのその白い肌を見た時、僕は母を思い出すことができたんです。そういえば、こんなふうに肌の白い人だったと。とても懐かしくて、ほんの少し胸が苦しくて、やっぱり嬉しかったんです。ですが、その後、あなたにあんなふうに誘われたことで、モヤモヤしてしまい、あんな態度を……』

『母親ほどに年上の私が、あなたを誘ってしまったから嫌悪感を抱いたのね……』

アイリーは頬杖をついたままの状態で、皮肉めいた笑みを浮かべる。

『いえ、男女の仲に年齢は関係ないと思っていますので、大人になってさえいれば年齢差はどうでも良いことです。嫌だったのは、あなたが僕を、まるで「物」のように扱ったことです』

『っ！』

アイリーは言葉を詰まらせて、清貴を見た。

『激しく反応してしまったのは、きっとあなたを見て、そこに母の姿を重ねて勝手に懐かしさを感じてしまっていたからなんでしょうね。だから「物」のように扱われて過剰に反応してしまったのだと……』

清貴は、遠くを見るような目で、まるで独り言のようにつぶやく。その横顔は微笑んでいるのに、まるで泣いているように見える。

アイリーは、黙り込み、俯いている。

『私こそごめんなさい……恥ずかしいわ』

ややあって、彼女はぽつりと零した。

彼女も、清貴に自分の息子の姿を重ねたのだろう。

無理もない。

清貴は、小松にアイリーの過去を探らせ、息子と絶縁状態である、という情報を掴んでいた。

だからすべて、清貴の計算に違いない。

たいしたものだ、と小松は息をついた。

清貴の言葉に、すべてを知っている小松でさえ、本心ではないかと思わせられるのだから——。

『——そう、鑑定士といっても、まだ見習いなのね』

『はい、修業中です』

その後、二人はソファーに腰を掛け、他愛もない話をしていた。

アイリーはもう『女』の顔ではなく、『母親』のような眼差しで清貴を見ている。

『菊川史郎とは、どのような付き合いをしているのですか？』

清貴がまるで世間話の続きのように、さらりと訊ねると、アイリーは顔をしかめた。

『あなたこそ、史郎のような男の言うことを聞いているのはどうしてなの？　ここに来たのは、あの男の指示なんでしょう？』

清貴は肩をすくめて、力なく笑う。

『実はちょっとした弱みを握られてしまいましてね』

『本当にあの男は、小悪党よね』

アイリーは呆れたように言って、腕を組んだ。

『悪党ではなく、小悪党、ですか？』

『ジウが史郎のことをそう言っていたのよ。「あいつは小悪党だけど、使い方によっては、良いアシスタントになってくれそうだ」って。私も最初は、ハイエナみたいな男だと思って警戒していたけど、すぐに使える男だと思ったわ。痒《かゆ》いところに手が届く秘書のようでね。ジウは、あの男を相利共生《そうりきょうせい》ができるコバンザメに変えようとしていたみたい』

ジウ氏は、史郎の資質を知りながら、上手く使うことで自分に利益をもたらす存在になると思い、側に置いていたようだ。

ちなみに実際のコバンザメは、寄生主に利をもたらさない片利共生《へんりきょうせい》だと聞く。

『そうしたら、あの男、蘆屋大成の贋作をジウに売りつけたでしょう？　これまで良くしてやったのにって、ジウは本当に怒っていたわ。目先の金欲しさに、大きな宿主を失ったんだから、哀れな話よね。でも、あの男、諦めがつかないみたいで、私にコソコソ連絡を取って、ご機嫌伺いしているわ』

ふむ、と清貴は頷く。

『そういえば、ジウ氏が一目惚れしてオークションで落札したという蘆屋大成の作品ですが、あなたは観たことがあるんですよね？』

清貴は思い出したように言って、アイリーの顔を見る。

『もちろんあるわよ。この部屋に飾っていたんだし』

『あなたはどう思われました？』

『これまで無名だったのが信じられないぐらい素晴らしい絵よ。ジウが心酔する気持ちも分かるわね』

『その作品は今、博物館とは別の場所にあるということですが……一体、どこに別会場を設けたんでしょうね？』

清貴は独り言のようにつぶやき、小首を傾げた。

『どこかしらね……？　その展示会場に飾るために、書家に「対酒」を書かせたという話は聞いたけど』

『対酒——白居易《はくきょい》の詩ですね』

白居易、字は楽天《らくてん》。白楽天《はくらくてん》の名でも知られている中国唐の時代の詩人だ。

清貴は、ぽつりとその漢詩を口にする。

蝸牛角上争何事
石火光中寄此身
随富随貧且歓楽

不開口笑是痴人

『その詩を暗記しているの？　素晴らしいわね』

と、アイリーは驚いたように、清貴を見る。

大好きなんですよ、と清貴は目を弓なりに細めた。

――かたつむりの角の上ほどの小さな場所で、一体何を争おうとするのか。

火打石《ひうちいし》の火花のように儚《はかな》いこの仮初《かりそめ》の世に、この身を置いているだけだというのに。

金持ちであろうと、貧しかろうと、それぞれに楽しんで暮らせば良い。

大きな口を開けて笑えぬというのは、愚かなことだ――。

『この狭い世の中で争うのは馬鹿らしい。人生なんて瞬く間に終わる一瞬の火花のようなもの。それならば、金持ちでも貧しくても、せっかく生まれて来たことを喜んで、うんと人生を謳歌《おうか》しよう。この世を楽しみ、大きな口を開けて笑えないのは愚かなことではないか――。難しい経典よりも、ずっと人生の哲学が詰まっていると僕は思うんです』

本当ね、とアイリーは相槌をうつ。

『この詩を教えていただけて、良かったです。ぜひ、書を観てみたいものですね』

清貴は、すっきりした表情で頷き、テーブルの上に置きっぱなしにしていた眼鏡を手に取って掛ける。

『では、僕はそろそろ失礼しますね』

清貴はそう言って立ち上がり、アイリーに背を向けた状態でバスローブを脱ぎ、ワインで汚れたシャツとジャケットを羽織った。

『……汚してしまって、ごめんなさいね』

いえ、と清貴は首を振る。

『清貴、あなたとお喋りできて楽しかった。すごく〝満足〟したわ』

彼女が差し伸べた手を、清貴はそっと握った。

『光栄です。お休みなさい』

その時に清貴が見せたであろう、まるで純粋無垢《むく》な青年のような微笑みが脳裏に浮かぶようで、小松は頬を引きつらせた。

3

清貴がアイリーの部屋を出るなり、小松は息を吐くようにつぶやいた。

「キスの一つもせずに、『満足』させたな。お見事」

『あなたのおかずにもならないと言ったでしょう?』

清貴はさらりと言って、颯爽と通路を歩く。

その余裕の態度に、腹立たしさを覚える。

「ところで、あんちゃん。絵の場所は分かったのか?」

『ええ』

「さすがだな。あのやりとりで、どうして場所が分かるんだよ」

『白居易の「対酒」の最初の「蝸牛《かぎゅう》の角の上」ですが、これは元々、「蝸牛角上《かぎゅうかくじょう》の争い」という荘子《そうし》の寓話《ぐうわ》からの引用なんです。カタツムリの左の触角の国と右の触角の国とが領地を争う話でして、まあ、「そんな狭い世界で何をつまらないことを」という教えですね』

「カタツムリの左右の角の上の国の争いか。たしかにしょうもないな」

小松は人差し指を立てた両手を自分の頭に載せて、小さく笑う。

『宇宙から見たら、我々の領土の争いなんて、そんなものなのでしょうね』

ふふっ、と笑う清貴に、小松は、まぁな、と苦笑して手を下げた。

『つまり、その寓話では、カタツムリの角の上は「国」であり、「世界」を示しています』

ふむ、と小松は頷く。

『その「世界」ですが、中国語では「天地」と書くんです』

天地……、と小松は洩らして、ポンッ、と手をうった。

「そうか、このホテルの名前だ」

『そういうことです』

「まさしく、ジウ氏いわく『カタツムリの角ほどの小さな世界』というわけだ」

『また、高宮さんの話では、展示会プレオープンの日に花火を打ち上げるということです。まさに、ホテルの最上階を展示会場にし、白居易の漢詩を飾るというのは最適な場所でしょう』

小松は今一度、『対酒』の詩を振り返る。

火打石の火花のように儚い世界を謳歌《おうか》しよう——という詩を、花火で再現しようとしているのだろう。

花火が打ち上がる中、芸術を楽しみ、笑い合う人々の姿が浮かぶ。

「なるほど、博物館とは別の良さがあるな」

うん、と小松は頷く。

『それはそうと、小松さん、セキュリティの確認をしていただけますか？』

「確認？」

小松は首を傾げたが、すぐに察した。

清貴は、これからこのホテルの最上階に展示されている蘆屋大成の絵の許に行くつもりでいるのだ。

そのための下準備をしてくれと言っている。

「もしかして、今から実行するのか？」

『いえ、そういうわけでは。ただ確認して、可能かどうかを検討したいと』

「あ、ああ。分かった、やってみるよ」

小松はバッグの中から、もう一台のノートパソコンを取り出す。

大麻教事件の時とは違い、今は秘蔵のソフトがインストールされている状態だ。

しっかりと画面に向き合い、息を吸い込み、キーボードを叩き始める。

小松は幼い頃、体が弱く、学校を休みがちだった。

そんな息子を不憫《ふびん》に思った両親が買い与えたのは、一台のパソコン。

当時、パソコンは今のように気軽に買えるものではなかった。マイコン、なんて呼ばれ方もしていた。画面にもブラウン管が入っている、すべてが大きなものだ。

小松はすぐに、パソコンに夢中になった。小遣いをはたいてパソコン雑誌を買い、自分でプログラムを打ち込み、ゲームを作り始めた。

やがて大手のゲーム会社からアルバイトの話が持ちかけられる。小松が高校生になる頃には、数社のゲーム会社から依頼を受けるようになっていた。

勉強が特にできたわけではないが、ことパソコンに関しては、できないことはないのではと思うほどに精通し、気が付くとハッキングの技術も身に付けていた。

そうして、ハッキングを必要とする組織に望まれて就職し、ヒーロー気分でいたのだが、根はヘタレだ。

重い事件を取り扱うごとに、神経がすり減り、結局は組織を離れてしまった。

だが、昔と変わらずに、今もパソコンと向き合っている。

技術の向上に後れを取っている気はしていない。

このホテルのセキュリティへの侵入は、成功した。

やはり最上階のセキュリティは厳重であり、あらためてそこが展示会場に違いないと確信を得た。厳重とはいっても、小松にとっては痕跡を残さず、一定時間セキュリティを解除することなど造作もない。

問題は、警備員だろう。

監視カメラを確認すると、扉の入口に警備員は付きっ切りだ。

「ただいま戻りました」

清貴が部屋に戻ってきたその声で、小松は我に返る。

「必要とあれば、いつでもセキュリティを解除できる」

小松はパソコンに目を向けたまま言う。

「ありがとうございます。さすがですね」

清貴は、ワインで汚れたジャケットとシャツを脱いで、黒いTシャツとジーンズ姿になった。

着替え終えて、パソコン画面を覗く。

「だけど、警備員が扉の前に付きっきりだ」

「室内には入っていますか？」

「いや、入っていないようだな。中は赤外線センサーがビッチリだし」

ドラマや映画で、防犯用に赤外線が張り巡らされているのを観たことがあるが、まさにあの状態だ。

その赤外線は、一時的に解除はできる。

だが、対警備員となるとそうはいかない。

「それでは、扉以外から侵入しなくてはなりませんね。見取り図を出してください」

「おう」

小松はホテルの見取り図を出す。

「………」

清貴はしばし無言で眺め、ややあって口を開いた。

「通気口の系統図面を出していただけますか？」

「もしかしたら、ダクトから侵入する気か？」

「それも検討しているところです」

「えっ、マジかよ。そんな映画みたいなことを？　大体、実際は羽があって進めないもんだろ」

「そうですね。もしかしたら、と思ったんですが、やはりダンパーという防火シャッターがあるので無理ですね。とはいえ、不可能ではないです。この横壁の通気口から侵入できたら、なんとかいけそうな気がします……が、スパイダーマン並みのパフォーマンスが、必要です」

「映画のようにはいかないか」

「それに、ダクトから侵入しても、この大きな絵を持ち去れませんしね。実行するとしたら、絵を切り取って盗《と》るしかないでしょう」

「切り取って盗る？」

「絵画泥棒は、額縁に沿って絵を切り取って、絵を丸めて盗み出すこともあるんですよ」

「絵が小さくなっちまうだろ」

「それでも価値があると踏んでいるようです」

「あんちゃんにそんなことができるのか？」

「………………」

清貴は黙り込んだ。その横顔はとても険しい。

悪いことを訊いた、と小松は目をそらす。

「そうだ、小松さん。カメラで、展示会場の作品を確認することができますか？　蘆屋大成の絵を観たいと思いまして」

「ああ、今の映像は赤外線カメラだけど、昼間のデータなら……」

小松はキーボードを叩いて、操作を始める。

もう一つのノートパソコンの画面に、展示会場の様子が映された。

パッパッと画面が切り替わっていく。

とても大きな曼荼羅の絵が映ったところで、清貴が「停止してください」と声を上げる。

小松はすぐに映像を止めて、画像を拡大した。

大日如来《だいにちにょらい》を中央に、八つの蓮華《れんげ》が囲んでいる。

これが、ジウ氏が所有している蘆屋大成の作品だろう。

「『胎蔵界曼荼羅』……たしかに、これは素晴らしいですね」

清貴のつぶやきに、小松は無意識に頷いていた。

絵のことはよく分からないが、引きずり込まれるような迫力がある。

ジウ氏がこの絵に魅せられたというのは、頷けた。

清貴は映像を眺めながら、そっと口を開いて曼荼羅の説明をした。

曼荼羅とは、悟りの境地を描いたものだそうだ。

高宮の許にある贋作と鑑定をされてしまった曼荼羅は、『金剛界曼荼羅』といって、金剛頂経を示している。

ジウ氏が所有している『胎蔵界曼荼羅』は、大日如来経を示しているそうだ。

『金剛界曼荼羅』は、意志。高みを目指して貫く。男性性の力。

『胎蔵界曼荼羅』は、受容。無条件の愛。女性性の力。

この『金剛界曼荼羅』と『胎蔵界曼荼羅』は二つで一対とされている。二作を合わせて

『両界曼荼羅』というそうだ。

高宮のところで話していたのは、このことだった。

「そうか、『胎蔵界曼荼羅』があるということは、その対となる『金剛界曼荼羅』があっても不思議じゃない。だからジウ氏は史郎に『金剛界曼荼羅』を見せられて、最初は納得して購入したものの、同じ曼荼羅だからこそ『何か違う』と感じたのかもな」

そうかもしれないですね、と清貴は画面に目を向けたまま頷く。

「映像を進めてください」

再び、映像が切り替わる。

その絵が映った時、小松は清貴が指示する前に停止した。

すぐに、蘆屋大成の作品だと分かったからだ。

そこには、中国の昔の町並みが描かれていた。

京都のように綺麗に区画化されていて、朱色の宮殿が鮮やかに美しい。

大輪の牡丹《ぼたん》や鳥たち、妓女《きじょ》が舞っている。

まるでこの絵の中から、当時の音楽が聴こえてくるようだ。

素晴らしい、と小松は思わず唸った。

『胎蔵界曼荼羅』とこの中国の町並みの絵が、蘆屋大成の後期の作品ということだ。

たしかに絵の雰囲気自体は、高宮のところにあった前期の作品とよく似ている。

同じ作者だと言われたら、納得はするだろう。

だが、ジウ氏が何かが違うと思ったのも、分かる気がした。

清貴はどう感じているのだろう？

彼の口から、素晴らしいですね、という言葉が出てこないのを不思議に思いながら、横を向く。

「………」

清貴は、大きく目を見開いて、絶句している。

「あんちゃん？」

次の瞬間、清貴の顔は蒼白となり、口に手を当てた。

「分かりました。すべての謎が解けた。そうやったんや。そういうことやったんや……」

清貴はまるで呪文のように繰り返す。

小松は、清貴が何を言っているのかよく分からず、怪訝に思い、眉根を寄せていた。

［5］回顧録

1

　最寄駅から豫園に向かって散歩していると、たくさんの人で賑《にぎ》わっている屋台が並んでいるのが見えた。

　円生は、ふっ、と頰を緩ませる。目的はこの屋台だった。先日、ここを通った時、夜になったら屋台で賑やかになるのだろう、と踏んでいたためだ。

お洒落でモダンな外灘や新天地よりも、こうしたゴチャゴチャした屋台の雰囲気が自分には合っているようだ。

　円生はホッとした気持ちで、目についた食べ物を買い込み、屋台横の空いているテーブルに着いた。

　薄餅《バオビン》に豚肉やネギ、キュウリなどを巻いて焼いた『大餅捲肉』や、スペアリブを油で揚げて甘いタレをたっぷりかけた『排骨年糕』、醤油とネギ油のトロッとしたタレに絡めて食べる麺『葱油拌麺』、炒飯に巨大な小籠包『蟹黄大湯包』、肉まんなどがずらりとテーブルに並んでいる。巨大な小籠包は、中のスープをストローで飲むようになっているようだ。

「腹減った」

円生は料理を前に、いただきます、と手を合わせる。この習慣は寺で修行していた時に身についたものだ。

箸を手にスペアリブにかぶりつき、れんげに持ち替えて炒飯を口に運ぶ。

既に栓を抜いてもらっている青島ビールの瓶を手に、グイッと喉の奥に流し込むようにして飲んだ。

「美味っ」

これだけ大量に料理を買ったが、金額はそう高くはない。

安くて美味いものを食べることは、いくらでもできるのだ。

ふと、『夜上海』でワインリストを眺めていた清貴の姿が脳裏を過る。

「ほんま、金持ちは無駄が多い」

あの男をこういうところに連れて来たら、どんな顔をするのだろう？

怪訝そうに眉を寄せて、『衛生面は大丈夫なのでしょうか？』などと言い出しそうだ。

小松は『安くて美味そうだな』と喜びそうな気がする。

自分はきっと『坊ちゃんは食わんでええし』と言うのだろう。

自然と頬が緩んでいることに気が付き、円生は我に返って顔をしかめる。

清貴の許でともに過ごした時間は、正直、楽しかった。

だが、同じだけ、苦しさもあった。

自分には、決してない才能のある者と過ごすというのは、心の生傷が絶えない。

円生は、グイッ、と瓶ビールを口に運ぶ。

自分が骨董品に対して、目が利かないことに気が付いたのは、柿右衛門を目の前にした時からだ。

もしかしたら、焼き物の判別が苦手なのかもしれない、と感じた。

絵や書には自信があった。

贋作を見破ることができた。理屈抜きに感じ取ることができるのだ。

それは、自分が描いてきたからかもしれない。

骨董品も、『良品』と『そうではない品』の違いは分かる。

だが、優秀な模倣品を前にすると、見分けがつかない。

どちらも本物のように見えてしまうのだ。

清貴は、二次元の絵よりも三次元の骨董品の方が分かりやすい、と言っていた。それは、理屈としては分からないでもない。

実際、絵の鑑定は難しいと聞く。

自分は、たまたま絵を見分ける目を持っているだけの話なのだろう。

おそらく柳原は、そのことに気付いていた。だから、自分のところで飼い殺すよりも、清貴の許に託すのが良いと思ったのだろう。

柳原が言っていた『清貴君のところにいた方が早い』というのは、自分よりも若い清貴の才能を前に、早く己の器を知るがいい、ということだったのだ。

円生は込み上げてくる苦い気持ちを払拭するように、スペアリブにかぶりつく。

テーブルに山ほど並んだ料理を眺め、ふと、子どもの頃を思い出した。


いつも飲んだくれている印象しかない父だったが、絵が売れた時は上機嫌でスーパーに連れて行ってくれた。

『ほら、真也。食べたいもの、このカゴになんでも入れろ』と言ってくる。

幼かった自分は興奮状態で、寿司に唐揚げに焼きそばにたこ焼き、とカゴ一杯に総菜を入れた。

父は父で、『父さんも今夜ばかりは発泡酒じゃなくてビールだな』と笑って、ビールの缶をカゴに入れていた。とはいえ、父がいつも飲んでいるのは、発泡酒でもなく、安い焼酎だったが。

自分は、父が酒を飲むのを嫌っていたが、この日ばかりは嬉しかった。

パンパンになったレジ袋を二人で抱えるように持って、エレベータもない古いアパートに帰る。

総菜はすべてパックのままテーブルの上に広げて、二人で食べたものだ。

父は、寿司を頬張る自分を見ては、必ずこう言っていた。

『真也、今に見てろよ。本物の寿司屋に連れて行ってやるからな』

——国立東京藝術大学。日本で唯一、国立の芸術系単科大学であり、それが故にその倍率は非常に高く、一部では東大よりも入学が難しい、と囁《ささや》かれているそうだ。

父は、その東京藝術大学に現役で合格しており、将来を有望視された画家の卵だったらしい。

だが、両親を交通事故で亡くしたことで、大学を中退。

その頃、同じ大学で知り合った母が妊娠したことで駆け落ち同然で結婚し、地元の神戸《こうべ》に戻って絵画教室を開きながら、画家としての道を歩んでいたそうだ。

そのスタートは、決して順風満帆《じゅんぷうまんぱん》ではなかった。

　父は絵を描く以外、取り柄がなく、絵画教室を開いたものの教えるのも、子どものあしらいも決して上手くはない。

　教室になかなか人は集まらず、絵も売れない。

　母の両親は、結婚も子どもを産むことも反対していたため、一切の援助が受けられず、出産費用を捻出するのもやっとだった。

　そんな中、子どもが生まれて、豊かになるはずがなく、家計は常に火の車だった。

　電気やガス、水道代の滞納はいつものことだった。あまりに滞納し続けると、督促状《とくそくじょう》は赤紙になり、やがてライフラインが止められる。なんとかひと月分だけ支払って、ライフラインを復活させるという、本当にギリギリの生活だった。

　それまでパートに出ていた母だが、どうしようもなくなったのだろう、夜、スナックへ働きに行くようになった。

　母が夜の仕事に出かけるようになり、父は寂しそうではあったが、嫌ではなかったようだ。

　それまで家計簿を前にいつも暗い顔でため息ばかりついていた母が、綺麗に化粧をして楽しそうに出かける姿を見るのが、嬉しかったのだろう。

　その日のことは——自分はまだ四歳だったが、はっきりと覚えている。

夕方、母はいつものように丁寧に化粧をして、ボストンバッグを手に持った。もう片方の手で自分の頭を撫でて、『それじゃあね、真也。行ってきます』と微笑んで家を出て行った。

今までになく、楽しそうで嬉しそうな笑顔が目に焼き付いている。

母は、そのまま帰ってくることはなかった。

後から聞いた話だが、スナックで知り合った男と駆け落ちしたらしい。

母がいなくなり、父の生活はさらに荒れた。

しかし悔しさがバネになったのか、以前よりも精力的に絵を描くようになり、機嫌の良い時は絵の描き方を教えてくれた。

『真也、技術や技法はあくまで手段だ。画家は、見たものをそのままキャンバスに写すんじゃない。肝心なのは、お前の心に映っているものをどう表現するかだ。絵は、その者の心にある光景が映し出される』

父の言葉が脳裏を過り、円生は頭を振って、肉まんにかぶりつく。

あの頃のアパート生活が思い出される。

ふと、幼馴染みのユキの姿が浮かんだ。

スーパーで総菜を山ほど買い込んだ時は、下の階のユキの分もカゴに入れておいて、父が酔いつぶれて寝たあと、こっそり届けたものだ。

堂々と分けてあげることはできなかった。一度、自分がユキに食べ物を分けているのを見られた時、父は、『うちには人を助けるほどの余裕がないんだ』『そんなことして、また次を期待されたらどうするんだ』と言って、激怒したためだ。

貧しいため仕方ないのかもしれないが、心まで貧しくなっているのは悲しいことだ。

ユキの部屋を訊ねた時の合図は、玄関の扉の横の窓を叩くことだった。

トントン、とノックをすると、すぐに開く。

『真也君』

ユキは少女のように愛らしい顔で、屈託ない笑みを浮かべていた。

たこ焼きや肉まんを見せると、ユキは、わあ、と頬を紅潮させる。

そんなユキの顔や腕に痣《あざ》があることに気が付いた時は、思わず痛々しさに目を背けそうになった。

ユキを殴るのは、母親ではなく、母親の恋人だった。

その時も家に転がり込んでいたようで、居間の方から喘《あえ》ぎ声が聞こえてきていた。

わざとらしいほどのその声は、男の心をつなぎ止めておくための女の本能なのだろうか？　子どもだった自分たちには、忌《い》まわしい獣の雄たけびのように聞こえて、おぞましさしか感じなかった。

ユキを窓から外に出して、アパートの壁を背に二人で並んで座る。

『真也君は食べないの？』

自分はもうたくさん食べてきたから、と言うと、ユキは泣き出しそうな顔で、ありがとう、と微笑んだ。

食べながら涙を流していることも、少なくなかった。

自分はその顔を見ないように、夜空を見上げていた。

いつか、こんな生活から抜け出せるのだろうか、と――。

過去を振り返っていた円生は我に返り、がやがやとした屋台街を眺めて、小さく息をついた。

「まだ、底辺《ていへん》から抜け出せてへんやんけ」

母が家を出る時、あんなに嬉しそうだったのは、ようやくどん底の生活から逃げ出せるという想いがあったからに違いない。

夫や子どもを捨てる罪悪感以上に、最低な毎日に嫌気がさしていたのだろう。

円生は料理をすべて平らげて、立ち上がる。

屋台のある通りを出て、ぶらぶらと歩き、夜の豫園を見て回った。

「さて、これからどうするか」

そろそろ、日本に帰らなくては……。

財布は持っていたが、スーツケースはホテルに置いたまま。パスポートもその中だ。

明日、清貴と小松が留守にしている間に取りに行かなくては……。

昨夜はネットで格安ホテルを調べて、宿泊した。

一泊三千円程度で泊まれたのは良かったが、そこは窓のない部屋で息苦しくてかなわず、
連泊はしたくないと、逃げるように部屋を出た。

最後の夜だ。

ゆっくり上海の街を散歩するのも良いだろう。

地下鉄に乗って、外灘へと移動する。

夜の外灘は、歴史的建造物がライトアップされていて美しかった。

まるでヨーロッパの街を歩いているかのようだ。

だが、東を向くと、上海タワーや電視塔といった上海を象徴する建物がカラフルに彩られている。不思議な光景だ。

雰囲気の良いバーを見付け、入ろうとした時、店内から二十代の男女が出てきた。

その男女の姿に見覚えがあると思ったら、イーリンと兄のシュエンだった。

『待って、兄さん、誤解だわ』

『信じられるか。どうせ、父さんに取り入るために画策してるんだろう？　そして、騙された俺を笑ってるんだ』

『そんなわけないじゃない』

イーリンが伸ばした手を、シュエンは叩きつける。

『さっさとアメリカの大学に戻りやがれ、この性悪が！』

シュエンはそう吐き捨てて、背を向ける。

イーリンは兄に叩かれた手を摩りながら、顔をしかめていたが、円生の姿に気が付き、驚いたように目を見開いた。

「……円生さん」

「こんばんは。イーリンはん。兄妹喧嘩してたん？」

「喧嘩なんてそんな……」

イーリンは小さく笑ったあと、目に浮かんだ涙を誤魔化すように、微笑む。

その顔には、見覚えがあった。ユキが涙を誤魔化す時に、よくしていたのだ。

「私と兄は、喧嘩なんてしたことないから」

「今のは喧嘩ちゃうの？」

「喧嘩って、対等じゃないとできないものよね。私と兄は対等じゃないから……」

「せやろか。俺はいつも、対等やない相手とばかり喧嘩してきたで」

「強いのね」

イーリンは力なく言うと、首を伸ばして円生の背後を見る。

「ホームズくんや小松さんと一緒じゃないの？」

「一人や」

「喧嘩？」

「ちゃう。俺が勝手にキレて、出て来ただけや。八つ当たりやな」

そう言うとイーリンは、頬を緩ませる。

「円生さんとホームズくんは喧嘩したことがある？」

「まぁ、しょっちゅうや」

これまで、言い争いは数えきれないくらいあったが、一番は取っ組み合って殴り合った時だろうか？

青磁を盗もうと、『蔵』に忍び込んだ時のことだ。

部屋で待ち構えていた清貴を前にした時は、本当に肝が冷えた。

『こんばんは』

清貴は、木刀を手に微笑んでいた。

空っぽだと信じて巣に入ったら、大蛇が待ち構えていたという感覚だ。

そして、あの時、清貴が発した言葉は、楔《くさび》が打ち込まれたように心に残っている。

『分かりませんね。いつまでも、好んで底辺にいるあなたの気持ちなんて』

『ええ、分かりません。子どもの頃のことは仕方ないです。あなたは幼く非力で、そうするしかなかったことでしょう。子どもは、時に親の奴隷となってしまうことがあります。

――そやけど、今は違う。今のあなたはもう立派な大人や。もう、誰の奴隷になることもあらへん。自分のがんばりしだいで、底辺から抜けられる。そやのに、何をいじけて、いつまでも底辺におるんや！』

『ほんまに分からへんのや！　僕は、僕にあなたほどの才能があるならて、何偏思ったか。あなたほどの才能を授かれるんやったら、僕は悪魔に魂を売ったたって構わへん！

それほどの……それほどの才能を持ちながら、あんたはほんまに、何をやってんねん！』

喉の奥から絞り出すような、悲痛ともいえる清貴の叫び。

衝撃やったな、と円生は苦笑した。

「……円生さん。良かったら、一杯飲まない？」

ご馳走《ちそう》するわよ、とイーリンは今出てきたバーを親指で指した。

「せやな。けど、セレブのほどこしを受けたないし、飲むんやったら、あそこはどうや」

円生は、浦東がよく見える沿道に顎先を向ける。

「いいわね、ぜひ」

円生とイーリンは、スタンドで小型の瓶ビールを買って、沿道へ向かう。

浦東の夜景を眺めながら乾杯をした。

「結局、私がご馳走になっちゃった。紳士ね」

イーリンは、円生が買った瓶ビールを手に、いただきます、と愉しげに目を細める。

「紳士とちゃうねん。師匠が言うてたんや。『追い越したい人と飲食をともにする場合は、見栄張ってでも自分が金を払え。そうしたら、ほんまにその人にご馳走できる人間になれる』て」

円生は瓶ビールを一口飲むと、そう言って口角を上げる。

イーリンは、へぇ、と洩らし、手摺りに肘をついた。

「それじゃあ、ホームズくんにもご馳走を？」

「あいつはそんな隙《すき》を与えへんし」

そうなんだ、とイーリンはつぶやき、皮肉めいた笑みを浮かべる。

「父が実業家というだけで、私自身はなんの取り柄もないただの学生よ。追い越すも何もないわ」

「アメリカの大学の医学部に行ってんやろ？」

「家族や周囲の人に認められたくて、必死に勉強しただけ。医学部なら誰もが『すごい』って言ってくれるかなと思っただけよ。本当は医者になりたいわけでもないの」

イーリンはそう言って目を伏せる。

意味深な感じがしたが、円生は何も言わずに相槌をうった。

「さっき、兄との会話を聞いていて、変だと思ったでしょう？」

「せやな」

「……私の母は、お金目当てで既婚者だった父に近付いたのよ。父が浮気をしていることを知った奥さん——兄の母は、心を病んでしまってね。さらに母が私を妊娠したことを知って、命を絶ってしまったのよ。それなのに私の母は、私を産んだあと、すぐ父の元を離れたわ。慰謝料だけふんだくってね。そんなことがあったから、私は、父の親族からは厄介者扱いよ。兄は私を殺したいくらいに憎んでいる」

イーリンはそこまで話すと、ビールを一口飲み、空を仰ぐ。

「私は祖父母にも嫌われていてね、『性悪女の娘』って、常に陰で言われてきたの。父も、自分の過ちの象徴だと思っているみたいで、私を避けてきた。これまで家族に誕生日を祝ってもらったことがないわ。だから認められたくて、少しでも私自身を見てもらいたくてがんばってきた。兄にも好かれたいと思ってるのに、何をしても裏目に出るのよ。今も兄と親しくなりたくて、『打ち合わせをしよう』と言って食事に誘ったんだけど、結果は、あんな感じで」

イーリンは肩をすくめて、息をつく。

「今回の企画だってそう。私は父の力になりたいとがんばっているんだけど、兄の目には、点数稼ぎに映っているみたい。あの史郎と私の縁談を推し進めようとしていたのも兄なのよ。さっさと外国人と結婚して、国外に行ってもらいたかったんでしょうね」

裕福な家に育ったが、身の置き場がなかったイーリンの心情が伝わってくる。

部屋の隅で、目立たないように、嫌われないように過ごしていた、あの頃のユキのようだ。

「変にがんばりすぎるから、兄貴の目に余るんやろ。あんたはあんたで、父親や兄貴から離れて自分の好きなことをやったらええんちゃう？」

「自分の好きなことがなんなのか、分からなくて……」

イーリンは、遠くを見るような目でつぶやいた。

その気持ちはよく分かる。

「せやな、俺もそうや」

「鑑定士を目指しているんじゃないの？」

「鑑定士になりたかったのは……」

そこまで言いかけて、脳裏に清貴の姿がくっきりと浮かんだ。

——自分は、あの男に、なりたかったのだ。

円生は今初めて、自分の気持ちがはっきりと分かった気がした。

鑑定士になりたかったのではない。

家頭清貴になりたかったのだ。

だから、『自分は自分だ』と言い聞かせながらも、心のどこかでもやもやしていた。

骨董品の鑑定ができないのであれば、絵画の鑑定の道に進めば良い話だ。だが、それには魅力を感じなかったのだ。

拒否しながら、反発しながら、猛烈に憧れていた。

急に自覚して、我ながら痛々しい、と笑いが込み上げる。

「どうしたの？」

「いや、なんでもあらへん」

そう、とイーリンはビールを口に運ぶ。

「なあ」

「なに？」

「なんや、あんたを抱きたい。今夜、一緒に過ごさへん？」

表情も変えずにさらりと言う円生に、イーリンは何を言われたか分からなかったようで、ぱちりと目を瞬かせる。

しかし、次の瞬間、顔を紅潮させた。

「な、なに、それ、私のことが好きになったの？」

イーリンは、動揺に体を震わせながら尋ねる。

「いや、そういうのとちゃうんやけど、なんやそういう衝動に駆られたんや」

「お断りします」

イーリンは睨むような目でぴしゃりと言って、顔を背けた。

「そっか、残念やな」

円生はさして残念でもなさそうな様子で、ビールを口に運ぶ。

「好きでもないのに、そういう衝動に駆られるなんて信じられない」

未だに真っ赤な顔でぶつぶつと零すイーリンに、円生は、ぷっ、と笑った。

「あんたも、まるで小娘みたいなことを言うんやな」

「私は小娘よ！　……そういう経験、ないもの」

イーリンは俯《うつむ》いたまま小声でつぶやく。

「あ、そうなんや。向こうの大学で、派手なキャンパスライフを送ってるのとちゃうの？」

「周りはそういうところはあるけど、私は嫌われるタイプみたいで友達も少ないし、男の子に誘われることもないし、部屋と大学を往復して、図書館通いする地味な大学生だもの」

しどろもどろにそう話すイーリンを前に、円生はくっくと肩を震わせる。

「まー、あんたは誤解されそうなタイプなんやろな。俺も嫌いやったし」

それはやはり、生まれ持った富豪のオーラが、そうさせるのだろう。

変に庶民的なところが嫌味なように感じていた。

「今も嫌いかしら」

「……嫌いな女を誘ったりせぇへん」

「そうなんだ」

イーリンはほんの少し嬉しそうな顔をする。

「せやけど、未経験の女を誘うこともせぇへん。あんたも葵はんのように素敵な白馬の王子様を見付けて、大切に抱いてもろたらええねん」

円生はそう言って笑う。

円生がすっかり自分を誘う気分ではなくなったことに、イーリンはホッとした様子ながらも、どこか戸惑ったような表情を見せていた。

「あ、なんや？　残念がってる？」

「違うわ。ただ……」

「ただ？」

「あなたは、葵さんが好きなんじゃないかって思ってたから、今の言葉が意外で……」

その言葉に、円生は少し驚いた。

「なんでそないに思うたん？」

「小松さんの事務所であなたに会った時に、もしかしたらって思ったのよ。葵さんに対する眼差しや言動が、とても優しくて温かかったから……」

ああ、と円生は笑う。

「実は、俺もよく分からへん」

家頭清貴になりたかったから、まるで同化するように、自分も葵のことが好きだったのかもしれない、という気もする。

とはいえ、自分にとって葵が特別な存在であることは自覚している。だが、それが恋愛感情なのか、別なものなのかは分からない——。

「実はね、男の人にアプローチを受けたのは、これが初めてなの」

「そら、最悪やな。かんにんやで。今のはカウントに入れんでええし」

「そうね。そうするわ」

イーリンは口を尖らせて言い、ふと、腕時計に目を向けた。

「そろそろ、帰るわね」

「送ろか？」

「大丈夫よ。ご馳走様」

「ほんなら、気ぃつけて」

と円生は手を上げかけて、ああ、と言う。

「せや、俺、明日には日本に帰るし。もろてるチケット、勝手に変更させてもらうけど、かんにんやで」

「えっ、何かあったの？」

「ここに来て、鑑定士にはなれへんって分かったんや」

「だとしても、展示会がオープンするまでいたらいいのに」

「……今は無理なんや」

自分が〝なれない〟と知った今、清貴の側にいるのは辛かった。

「ホームズくんと小松さんは、あなたが明日、帰ることは知ってるの？」

「――いや」

「電話でもいいから、ちゃんと伝えるべきよ。八つ当たりできる相手というのは、甘えられる相手でもあると思うわ。そんな存在がいるって、幸せなことよ」

言われるまでもなく、そんなことはよく分かっている。

円生は決まりの悪さに目をそらす。

イーリンは、やれやれ、と肩をすくめ、「それじゃあ、お休みなさい」と手を振って、円生に背を向けた。

本当に送らなくて良かったのだろうか、と円生は歩き去るイーリンの背中を見送る。

すると待機していたのだろう。イーリンの姿を見るなり、迎えの車が近付いてきて、運転手が扉を開けていた。

「やっぱ、金持ちやな」

思えばイーリンが付けていた時計はアップルウォッチだった。迎えが来たという知らせが入ったのだろう。

一人になった円生が、その後も浦東の夜景をぼんやり眺めていると、ポケットの中のスマホが鳴動した。

着信は、清貴からだった。

――来た！

これでは、まるで待ち構えていたみたいだ。いや、どこかで、清貴からの電話を待っていたのかもしれない。

「………」

円生は電話には出たが、どう答えてよいのか分からず、口を開くことができなかった。

『こんばんは、まだ上海にいるんですよね？』

清貴がそう訊ねたことで、ようやく答えることができた。

「せやな。パスポートは部屋にあるし、帰りたくても帰れへんし」

『そうでしたね』

「ま、上海の美味いもんも食べたし、もう日本に帰る。そろそろパスポートと荷物を取りに戻らなて思うてたとこや」

話しながら、清貴がなんて言うのか、と心音が強くなる。

止めてくれるのではないかと、心のどこかで期待していた。

『あなたの言い分は分かりました。あなたが鑑定士の道を歩むと聞いた時は、僕も嬉しく思いましたが、向き不向きはあります。あなたには、あなたの才能を伸ばせる世界があると僕は思ってます』

その言葉に、苛立ちが沸き上がった。

「なんやねん、その慰《なぐさ》め。また、贋作づくりやコソ泥でもがんばれ言いたいんやろ。どうせ、俺にはそんなことしかでけへん」

自分から飛び出しておきながら、思わずそんなことを言ってしまう。

完全なる八つ当たりだということは分かっている。

それでも、自分はなりたかったのだ。

どうしても、鑑定士になりたかったのだ。

それになれれば、自分の欲しかったすべてが手に入るような気がしていたのだ。

家頭清貴に近付ける気がしていたのだ。

だが――、なりたいものに、誰もがなれるわけではない。

夢を諦めた者に、『もったいない』『もっとがんばれ』などという言葉は、無責任すぎるということは分かっている。

他の者から、そんな言葉は絶対に聞きたくない。

だが、清貴からだけは、

〝残念です。あなたには才能があると思っていたので、非常にもったいなく思います〟

──そんな言葉を欲していたのだ。

しかし、もしそんなことを言われても、自分は同じように突っぱねるのかもしれない。

清貴を前にすると、自分はまるでどうしようもない駄々っ子だ。

イーリンの言う通り、自分は清貴に甘えているのだろう。

清貴は何も言わない。

呆れているに違いない。

ばつの悪さに電話を切りたい衝動に駆られた時、清貴は一拍置いて、『実は』と言った。

『あなたに、話があるんです。話というかお願いですね。今から会えませんか？』

思いもしなかった言葉に、円生は、高ぶった感情が沈静化されていく気がした。

「……ええけど」

と、気が抜けたような声で答える。

『今、あなたはどこに？』

「ホテルの近くやな。外灘の沿道や」

『では、今から向かいますね』

そのまま、電話は切れた。

話があるというなら、自分がホテルに戻っても良かったのに。どうせ荷物を取りに行かなくてはならないのだ。あの男らしくない気がする。

「なんや、急いだ様子やったな」

円生はぽつりとつぶやいて、スマホをポケットに入れた。

2

――円生との電話を終えたあと。

清貴と小松は、すぐにホテルを出て、外灘の沿道に向かった。

外灘から黄浦江の向こうにそびえる浦東の夜景は絶景だ、と小松は目を細める。

色とりどりに輝く光に溢れた豊かな都市は、近い将来、東洋のニューヨークと呼ばれる日が来るのかもしれないと思わせる。

小松は、先を歩く清貴の後ろ姿を眺めながら、もしかしたら自分は邪魔な存在だったかもしれない、と今さらながら考えた。

とはいえ、自分も円生と関わってきた身だ。

なんの役にも立っていないし、付き合いも浅いのだが、喧嘩をしている二人を見ながら勝手に兄貴気分でいた。

やがて、円生のシルエットが見えてきた。

キャップを被り、シャツにジーンズと、いつも通りのシンプルな出で立ちだった。

清貴は、円生の許に向かい、小松は少し離れたところに留まった。

二人は一定の間隔を置いて、顔を見合わせる。

しばらく、黙り込んだままだ。

痺《しび》れを切らして口火を切ったのは、円生だった。

「黙り込んで、なんやねん」

すみません、と清貴は言い、顔を上げた。

「円生、あなたにお願いがあります」

「……なんやねん」

「菊川史郎に、葵さんが狙われています」

「えっ？」

円生の声色が変わった。

清貴はスマホを取り出して、円生に見せる。

葵の隠し撮り写真を見せているのだろう。

「なんやねん、これ……」

円生は画面に顔を近付けて、声を震わせていた。

やはり円生にとって、葵は特別な存在なのだろう。

「彼女を助けるのに、あなたの力が必要です」

「──俺の力？」

ええ、と清貴は頷いたかと思うと、深く頭を下げた。

「お願いします。力を貸してください」

「っ！」

あの清貴が、円生を前に深々と頭を垂れて懇願する様子など、小松は想像もしたことがなかった。

円生も同じだろう。動揺したように、目を泳がせている。

「……ほんまに驚いた。あんたらしくないやんけ。あんたが、この俺に頭を下げるなんて、この世でもっともしたくないことちゃうん？」

顔を歪ませて言う円生に、清貴は頭を下げたまま、「そんなん、どうでもええ」と低い声で答えた。

「えっ？」

「葵を救うためやったら、土下座でもなんでもするし。僕のしょうもないプライドなんて、犬に食わせて終《しま》いや」

清貴の言葉に、円生は目を丸くして、ぷっ、と噴き出した。

「前言撤回や。逆にあんたらしいやん。もうええ、頭上げてくれへん？　あんたに頭下げられるなんて、気色悪うてかなわん。それに、俺かて……」

葵を助けたい、と続けたかったのだろうが、円生は最後まで言わなかった。

清貴はようやく頭を起こして、そっと口角を上げる。

「で、何をしたらええの？」

「あなたに絵を用意していただきたいんです」

「絵を？」

「ええ、蘆屋大成の絵です」

そう言った清貴に、円生も小松も大きく目を見開いた。

つまり清貴は円生に、再び贋作づくりをしろ、と言っているのだ。

決して、贋作には手を染めないと、決意した円生に。

その決意をさせた清貴自身が、その贋作制作を命じる。

「…………」

あまりの残酷さに、小松の胸は痛んだ。

円生も一瞬、苦い表情を浮かべたが、小さく息をついた。

「ま、俺のしょうもない決意やプライドも犬に食わせるし」

さっき円生に頭を下げて、自らのプライドなど犬に食わせると言ったのも、円生のこの言葉を引き出すためだったのだろうか？

いくら最愛の人を助けるためとはいえ、再び円生に罪を犯させるのは、どうなのだろう？

――清貴は、葵のことになると、ここまで手段を選ばなくなるのだろうか？

「ほんで、なんなん？　史郎は蘆屋大成とやらの絵を欲しがってるんや？」

「……ええ、僕は高宮さんが所有する蘆屋大成の絵を盗み出さなくてはならないんです。詳しいことは、ホテルに戻って話しましょう」

そんな二人のやりとりを、小松は苦い気持ちで聞いていた。

［6］作戦遂行

1

　朝陽が部屋に眩しく差し込んでいる。

「――葵さん、お元気そうで良かった。はい、ああ、そうだったんですね。そういえば、時差ボケは大丈夫ですか？」

　小松はリビングのソファーでコーヒーを飲みながら、清貴が葵と電話をしている姿を、眺めていた。

　愉しげに話しているが、こうして無事に声を聞けるのが、嬉しくてたまらないのだろう。目には涙を滲ませていた。

「そうでしたか。利休が……。すみませんが、側に置いてやってください」

　利休は、忠実に葵のボディガードを務めているようだ。

「ええ、がんばってくださいね」

しばらくそんな話をして、お休みなさい、と清貴は電話を切った。

こちらは朝だが、ニューヨークは、夜なのだ。

通話を終えた清貴は、ふう、と息をついて顔を上げる。

円生は真顔で前のめりになって訊いてきた。

「葵はんは、どんな様子や。大丈夫なん？」

「今のところ、特に危険は感じていないようです。自分が写真に撮られていることにも気付いていない様子で……。今は利休を側に付けて、目を光らせてもらっています」

そうか、と円生は息をつき、独り言のように零した。

「利休が付いてくれてるんやったら、少し安心やな……」

清貴だけではなく、円生も利休に多大な信用を置いているようだ。

「小松さん、円生、あらためて、今回の計画を伝えます」

真剣な表情を見せる清貴に、二人は思わず姿勢を正す。

「絵画強奪計画やな」

そう言った円生に、小松は苦々しい気持ちで口をキュッと結んだ。

「すり替える絵の用意ができてから、小松さんにセキュリティを解除してもらい、僕は、ダクトから侵入します。一つだけダンパーに引っかからずに展示会場に侵入できるダクトがあったんですよ。横壁から入ることになりますがね」

と、清貴はホテルの壁を指差して、話を続ける。

「その際、円生は、すり替える絵を持って窓拭きクレーンに乗って屋上から降りてくる。ダクトから展示会場に侵入した僕は、中から窓を開けます。そこで円生から絵を受け取り、本物と交換した上で円生とともに戻ってきます」

清貴の言葉に円生は顔をしかめ、小松は「マジか……」と洩らす。

簡単そうに言っているが、決して簡単なことではない。

そもそも、窓拭きクレーンなんて使ったら目立つのではないか？

神妙な顔の二人を前に、清貴は小さく笑って話を続ける。

「――という案も一瞬考えたのですが、これは現実的ではないので、不採用にしました」

「不採用？」

と、小松と円生は目を瞬かせる。

「ええ、そんな映画のようなやり方はやはり難しいですし、危ない橋は渡りません。僕にしかできないやり方があります」

「あんちゃんにしかできないやり方ってなんだ？」

「高宮さんにこう言うんです。『展示会が始まる前に、あなたが寄託した絵をもう一度、しっかり鑑定してみたい』と。そして展示会場から絵を持ち出す。車で運んでいるところに、強盗が現われ、絵を強奪するという作戦です」

「ご、強奪?」

小松は目を瞬かせる。

「強盗は僕たちには無理な話なので、菊川史郎にお願いしようと思うのですが……二人とも、これを見てもらえますか?」

清貴はそう言って、手帳を開いた。

2

その後、清貴は、作戦をそのまま決行していった。

まず最初に高宮に接触し、円生たちに言っていた通りに提案をする。

『展示会が始まる前に、あなたが寄託した蘆屋大成の後期の絵と初期の絵をもう一度、しっかり鑑定してみたいと思いまして』

ここには、小松も同席していた。

清貴は、高宮の隣で話しながら手帳を開き、『このスケジュールでなら、展示会に間に合います』と説明をする。

高宮は、大きく頷き、

『私ももやもやしていたので、あらためてしっかり調べたいです』

と、ふたつ返事で了承した。

そうして、絵の所有者である高宮自身がジウ氏に申し出たことで、展示会場のセキュリティを解除することも忍び込むこともなく、ターゲットの絵を持ち出すことに成功した。

それはまさに、清貴だからできた作戦だ。

ただ、手放しで、喜んではいられない。

ここから、犯罪の域へと入っていく。

清貴の作戦は、恐ろしいほど、順調に進行していった。

小松は、高宮のところに同席した以降は、作戦に関わらせてはもらえなかった。

あなたまで巻き込みたくはないです、という清貴の配慮だ。

小松は、一歩離れたところで清貴が立てた計画を見守っていた。

運び出された絵を鑑定場所まで運ぶ役目は、ルイにお願いしていた。

『お任せください』

強い口調で引き受けてくれた。が、こちらのシナリオ通り、ルイは史郎が手配した強盗に襲われ、絵を奪われてしまう。

奪われた絵は、そのまま史郎が秘密裏に用意した鑑定士の許に迅速に届けられた。

そこには、ジウ氏が所有している曼荼羅の絵のデータもあり、同じ作者によるものかどうか、科学的に検証することができるそうだ。


——そうして、数時間後。

菊川史郎から、『鑑定の結果、間違いなく、蘆屋大成の作品だったよ。良い仕事をありがとう。葵につけていた監視は解き、身の安全は保証する』と連絡が入った。

清貴が拳を握り締め、ホッと息をついたのも、束の間。

その数分後には、清貴の許に、濃紺の制服を纏った警官が駆け付けた。

清貴の手首に、容赦なく手錠が掛けられる。

高宮の絵を盗んだ首謀者は、家頭清貴だ、と史郎が通報していたのだ——。

3

清貴が警官に連行されたという報告を受けた菊川史郎は、肩を震わせて笑っていた。

ここは、南京東路にあるマンションの一室だ。
史郎は口角を上げてソファーにどっかりと座り、グラスに赤ワインを注ぐ。
「さようなら、家頭清貴君。もう、これで君は罪人だ。すべてを失ったね」
そして乾杯、とグラスを掲げる。
史郎の視線の先には、今回入手した作品——蘆屋大成の絵画があった。
その絵に描かれているのは、古の豫園だった。
丸い月の下、美しき江南庭園と豫園商城が幻想的に浮かび上がっている。
絵の左下には、酒を飲み、語らう兵士たちの姿。
右上の方に描かれてるテラスには、月を眺めている宮廷女官のシルエットがあった。
絵の端には、漢詩が書かれている。

葡萄美酒夜光杯
欲飲琵琶馬上催
酔臥沙場君莫笑
古来征戦幾人回

葡萄の美酒、夜光の杯。

飲まんと欲すれば、琵琶馬上に催す。

酔うて沙場に臥すとも、君、笑うこと莫かれ。

古来征戦幾人か回る。


『涼州詞《りょうしゅうし》』と呼ばれる王翰《おうかん》の詩だ。

——葡萄の美酒を、月明りの盃に注ぐ。

飲もうとすると、琵琶の音が馬の上で鳴り響いた。

酔い潰れて砂漠に倒れてしまう姿を見ても、君は笑ってはいけない。

古来より戦地に赴《おもむ》いた兵士のうち、どれだけの人が帰ってきたと思う——？

役人だった王翰が、涼州に駐屯した兵士たちが酒を愉しむ姿を詠《よ》んだもの。

『これから戦地に行く人たちだ。美味い葡萄酒に酔いしれて、多少はしゃいでしまっても、目を瞑ってやってほしい』という、戦地に出向く兵士を労《ねぎら》う、優しくも切ない詩だ。

史郎はこの詩を目にして、ワインを飲みたいと思った。

「あの曼荼羅も良かったけど、この絵もいいな」

ジウが気に入るのも分かる、と史郎はワイングラスを口に運ぶ。金にしか執着のない史郎が、手放したくないと感じるほど。蘆屋大成の絵には美しさや上手さに加えて、独特の吸引力があった。

「きっと、これからさらに名は知れるのかもしれないな」

頃合いを見て、闇オークションに出し、即座に自分が落札して、『盗難に遭った蘆屋大成を自分が落札しました』と、ジウの許に参上する計画でいた。が、もう少し隠しておいた方が、うんと価値が上がるかもしれない。

あの目利きの坊ちゃんが、盗みまで働いたというエピソードもこの絵に箔《はく》をつけてくれるだろう。

史郎は、ポケットから、レコーダーを取り出して、再生した。

『高宮さんにこう言うんです。「展示会が始まる前に、あなたが寄託した絵をもう一度、しっかり鑑定してみたい」と。そして展示会場から絵を持ち出す。車で運んでいるところに、強盗が現われ、絵を強奪するという作戦です』

史郎は清貴の言葉を聞きながら、また肩を震わせて笑う。

「その音声、警察に渡したのではなかったのですか？」

聞こえてきた仲間の声に、史郎は振り返る。

そこには、ジ・ルイの姿があった。

良きスパイでいてくれたルイを前に、史郎は、ふふっと笑う。

「警察には、編集したものを渡したよ。『菊川史郎』の名前が出てこないものをね」

ルイは、そうですか、と相槌をうち、蘆屋大成の絵に目を向けた。

「しかし、家頭清貴が、本当に盗み出してくるとは思いませんでした」

「だな。いやはや、さすが、手練手管《てれんてくだ》の坊ちゃんだ。俺も絶対不可能だろうと思ったのに、本当に盗んできた。とはいえ、俺の方が一枚、上手だったけど」

清貴が、逮捕される瞬間を見たかったものだ。

史郎は、悦に入りながら、さらにワインを飲む。

「不可能だと思ってたんですか？」

「ああ、展示会場から絵を盗んでくるなんて、無理に決まってるって思ってたよ」

「それなのに、どうしてそんなことを？」

「あの坊ちゃんにムカついていたからな。ちょっと困らせたくなったんだよ。成功したら、こうして本物を手に入れられるし、失敗しても、あいつは逮捕される」

史郎はそこまで言って、ふと思い出したように顔を上げた。

「そういえば、この前、アイリー・ヤンから電話が来たんだよ。てっきり、あの小僧を追い返した、って言葉を聞けるかと思ったんだけど」

「違ったんですか？」

「『大満足だった』そうだ。正直驚いたな。あの坊ちゃん、本当に手練手管だ」

「マダムキラーという感じはしますね」

「しかし、忌々しい坊ちゃんだよ。まぁ、成敗してスッキリしたけど」

「史郎さんは、彼に限らず坊ちゃんが嫌いですよね？　だから人を使ってジウ・シュエンに曜変天目茶碗もどきをつかませた」

「あれは、バカ息子から金を引っ張りたかっただけだ。にしても、あんなに簡単に引っかかるとは思わなかったよ。まぁ、たしかにモノは良かったんだが……」

その時、史郎のスマホが鳴った。確認すると、アメリカからのメールだった、史郎は、添付画像を開く。

すべて、真城葵の写真だった。

最初は、滝山好江と一緒だったが、最近は数人に増えている。

そのうち、日本人はキュレーターの藤原慶子《ふじわらけいこ》とボーイッシュな美少女だ。この写真では、オーバーオールにキャップをかぶっている。

鑑定士見習いが集まる会という話だから、この少女も見習いの一人なのかもしれない。

「ちゃんと仕事をしてくれていて感心だけど、もう契約解除だな。にしても俺は葵チャンより、このボーイッシュな美少女の方が好みだなぁ」

「真城葵は、もう用無しですか？」

「ああ」

「もしかして、彼女を消してしまうんでしょうか？」

「まさか。そんなリスクは負わない。こうして、彼女に監視をつけさせているのも、金がかかっているんだよ。もし、プロに殺害を依頼するとしたら莫大な金を払わなくてはならない。そんな無駄なことはしないよ。早いところ契約を解除しておかないと」

史郎は、写真の送り主に『仕事はもう完了だ。ありがとう』とメールを送信した。

「これで、葵チャンの件も終わりだ。さて、この絵をどうしたら、一番高く売ることができるか……」

そうつぶやいた時、史郎のスマホが再び鳴った。

番号は、手下からのものだった。どうした？　と史郎はスマホを耳に当てる。

『大変です、史郎さん。家頭清貴が、釈放されました』

その言葉に、史郎は、はっ？　と大きく目を見開く。

「――釈放って、どういうことだ？　金を積んだのか？」

それにしても、早すぎる、と史郎は頭に手を当てる。

『高宮の絵は盗まれていなかったんですよ。そもそも、事件が起こっていなかったんです』

電話の相手が何を言っているのか分からず、史郎は目を泳がせながら、絵を指差した。

「……どういうことだ？　ここに蘆屋大成の作品はあるんだ。本物であることは、科学的に立証されている」

その時、リビングの扉が開いた。

史郎が弾かれたように振り返ると、そこには笑みを浮かべた清貴が立っていた。

彼の後ろには、小松と円生もいる。

「こんにちは」

清貴が姿を現わしたことで、ルイは申し訳なさそうに史郎に向かって会釈をして、清貴の隣に歩いて行った。清貴は、ぽんっ、とルイの肩に手を載せた。

瞬時にルイが裏切ったことを悟った史郎は、呆然と立ち上がる。

「お久しぶりですね、菊川さん」

清貴は、ルイの肩に手を載せたまま、にこりと微笑んだ。

＊

——話は少し前に遡《さかのぼ》る。

滞在しているホテルのリビングで、計画を立てていた時のことだ。

『高宮さんにこう言うんです。「展示会が始まる前に、あなたが寄託した絵をもう一度、しっかり鑑定してみたい」と。そして展示会場から絵を持ち出す。車で運んでいるところに、強盗が現われ、絵を強奪するという作戦です』

『ご、強奪？』

小松は目を見開く。

『強盗は僕たちには無理な話なので、菊川史郎にお願いしようと思うのですが……。二人とも、これを見てもらえますか？』

清貴はそう言って、手帳を開いた。

そこには、こう書かれていた。

〝どうやら、我々の会話は盗聴されているようです。おそらく、入場許可バッジだろうと思い、確認したらビンゴでした〟

その一文に、小松と円生は言葉を詰まらせて、清貴の胸についている『喜』の字が二つ並んだバッジに目を向けた。
清貴は次のページを開いた。
〃このバッジを僕につけたのは、ルイです〃
〃ルイに疑いを持った僕は、逆に彼に盗聴器をしかけました。結果は黒でした。ルイは、史郎とつながっています〃
二人は息を呑んで、相槌をうつ。清貴は手帳をめくって見せる。
〃その証拠を持って僕はルイを揺さぶり、こちら側につけようと思います。彼もジウ氏を敵に回したくないでしょうし、味方につけるのは容易いかと〃
「そんなに上手くいくか？」
小松は、思わず小声で洩らす。
すると、清貴は、さらさらと手帳に文字を書き込んだ。
〃『今、こちらの味方になれば、ジウ氏にはあくまで僕ら側のスパイとして、菊川史郎の許にいたと報告する』と伝えるつもりです。彼の立場は護られますし、所詮《しょせん》は金でつながっている関係。その絆《きずな》は脆《もろ》いものかと〃
その文面を見て、円生は、せやな、と頷く。

「上手くいくやろ」

清貴は、手帳をめくって、次の一文を見せた。

〝そして、盗聴器をつけられていることを逆手に取って、上手く事《こと》を運ぼうと思います〟

小松と円生は顔を見合わせて、にやりとほくそ笑む。

〝この計画には、高宮さんの協力も得る予定です〟

了解、と小松と円生は、親指を立てた。

——そうして清貴は、ルイと接触を図り、史郎とつながっている証拠を武器に、自分側のスパイにすることに成功した。この時には、イーリンの協力も得ていた。

その後、高宮の許に行き、盗聴器を通して史郎にあえて話を聞かせながら、同じように手帳を見せて、話を進めて行ったのだ。

＊

「——そうしたわけでして、あなたの許に届いていた情報は、すべてこちら側が意図的に流したものなんです。残念ながら、展示会場から絵は持ち出されていないんですよ」

清貴は、史郎の向かい側に座って、愉快そうに微笑んで言う。

「……それなら、この蘆屋大成の絵は？　俺が手配した一味がこの絵を強奪したのは事実だろう？」

史郎は、顔を歪ませて振り返る。

「はい。実際にルイが絵を運び、あなたの手の者がその絵を強奪しました。が、その絵は、彼——円生が描いたものです」

清貴が奮闘している最中、円生は部屋に籠《こも》って、絵を描いていたのだ。

史郎は、円生に視線を送り、顔を歪ませる。

「——そうか。たしか、元贋作師という話だったな。この男に贋作を作らせたというわけか。科学分析結果もインチキ情報だったわけだな」

史郎が悔しそうに奥歯を噛みしめたその時、リビングのドアが乱暴に開けられて、濃紺の制服を着た警官たちがなだれ込んできた。

警官は、すぐに史郎を拘束する。

彼には、ジウ・シュエンに曜変天目茶碗をニセモノと知りながら売りつけた容疑、清貴を強請《ゆす》り、強盗を強要した容疑などがかけられている。

しかし、この男のことだ。これまで上手く逃れてきたかもしれないが、叩けばいくらでも埃が出るだろう。

畜生、と史郎が声を上げる。

「菊川史郎さん。ジウ氏はあなたのことを『悪党』ではなく『小悪党』と言っていたそうです。あなたは、大物の側で巧みに人を操り、そのおこぼれに与《あずか》るのには長《た》けていたようですが、自分から大きな事件を起こすのは不向きだったようですね。誰もが自分のことになると、分からなくなるものです」

清貴を罠にかけたつもりが、いつの間にか自分が罠にかかっていた、というわけだ。

小悪党が大悪党のように大きなことをやろうと試みたら簡単にボロが出る。自らの器を見誤った、と清貴は言っているのだろう。

その言葉は一理あるだろうが、今回ばかりは相手が悪すぎた。

警察に連行されていく菊川史郎の後ろ姿を見ながら、あらためて家頭清貴という男だけは敵に回したくない、と小松は苦笑した。

［7］出発の夜

1

菊川史郎が逮捕されたことで、清貴やルイも警察の事情聴取を受けることになり、諸々が落ち着いた頃には、展示会開催日が迫っていた。

「見せたいものがあるんです」

プレオープンの前日。

清貴は、ジウ氏の許可を得ることができた、と言って、円生と小松をホテル『天地』の最上階にある展示場に案内した。

最上階の警備員たちは、清貴の姿を見るなり、一礼をして扉を開ける。

「……忍び込もうて画策していた時が嘘のように、すんなりやな」

皮肉めいた口調で洩らす円生に、小松は「たしかに」と笑う。

「今やあんちゃんは、菊川史郎逮捕に貢献したジウ氏の恩人だからな」

ジウ氏は元より、騙されて曜変天目茶碗に大金を払った息子のシュエンが、涙を流さん勢いで喜んでいたのだ。

『ありがとう、ありがとう。もしかしたら金も戻ってくるかもしれないんだよ』

シュエンは、清貴の手を握って、ぶんぶんと振っていた。

隣にいた円生が、『あんたの妹はん、兄貴を騙すなんて許せへんって、随分、がんばってくれたんやで』と付け加える。

するとシュエンが、えっ、と目を瞬かせ、『イーリンが?』と意外そうにつぶやいていた。

不仲な兄妹だが、少しでも関係改善につながれば、と思ったのだろう。

初対面の日、お嬢は好かん、と吐き捨てていた円生がイーリンをフォローしていたのは、意外だった。

そんなことを思い返しながら、小松は最上階の展示会場を観て歩く。

まず目に入ったのは、現代書家が手掛けた白居易の『対酒』の書だ。

蝸牛角上争何事
石火光中寄此身
随富随貧且歓楽

不開口笑是痴人

美しく、伸び伸びとしながらも迫力のある書に、清貴、円生は、足を止めて、うんうん、と頷く。

「素晴らしいですね」

「ああ、なかなかやな」

それには、小松も同感だった。

絵のことは分からないが、書の美しさはなんとなく感じ取ることができる。

他に展示されている作品は、ジウ氏が特に気に入っている近代アート作品であり、その魅力は、小松にはよく分からないものが多かった。

「あれが、蘆屋大成の作品です」

清貴は突き当たりの壁に飾られた作品を示す。

小松と清貴は監視カメラの映像で観ていたが、円生はまだ蘆屋大成の作品を観たことがなかったのだ。

蘆屋大成の絵を用意してほしい、とあの時、清貴は円生に告げた。

だが、実際に円生が制作に取り掛かるとなった時——。

『僕の見立てでは、あなたと蘆屋大成の作風は似ています。ですので、贋作じゃなくてもいいんです。一枚、絵を描いていただけませんか？　古の中国を思わせる絵をお願いしたいです』

清貴は、円生にそう言った。

その言葉には、円生も小松も驚いた。

『はっ、ただ絵を描くだけでええんか』

『ええ、よろしくお願いします』

作風が似ているとはいえ、原本となる作品を観なくて大丈夫なのだろうか？　と疑問に思ったが、清貴がそう言うなら間違いないのだろう、という信頼とともに、何よりも円生に贋作づくりをさせなかったことに、小松はホッとしていた。

『葵さんの命がかかっています。本気でお願いしますよ』

そう言った清貴の言葉は、円生の心に火をつけたようだ。

円生はその後、部屋に籠りきったまま、ほぼ飲まず食わずで制作に没頭し、たった三日で絵を仕上げた。

できあがった絵は、『夜の豫園』。

円生は、清貴たちの許を離れて一人で過ごしていた時、豫園駅側の屋台で食事をし、ついでに夜の豫園商城を見に行ったそうだ。絵はその時に目にした光景にアレンジを加えたものだという。

だが、それは決して現代の景色には見えない、古の浪漫《ろまん》を感じさせる幻想的で美しい絵だった——。

「いよいよ、噂の蘆屋大成とご対面やな」

円生は鼻歌交じりに言って、作品が飾られている方に顔を向ける。

『胎蔵界曼荼羅』（ジウ氏所有）と『中国の町並み』（高宮所有）の二枚が飾られていた。

円生はぴたりと足を止めて、大きく目を見開いた。

「高宮さん所有の中国の町並みの絵は、かつての『長安《ちょうあん》』を描いたものですね。俯瞰《ふかん》した構図と、仏教を感じさせる装飾は、幻想的な美しさが素晴らしいです」

清貴の説明に、小松は、ああ、と納得して手をうった。

「長安だったのか。それで京都っぽく区画整理された町並みなんだな。画面越しに観ても良い絵だったけど、実際前にすると、迫力が違うなぁ」

小松は、感心しながら絵に近付く。

だが、円生は立ち尽くしたまま、動こうとしない。

振り返ると、その顔は蒼白になっていた。

「円生、どうした？」

円生もこの絵を前に圧倒されているのかもしれない。

「今回の件ですが、ジ・ルイが菊川史郎とつながっていると知った時点で、菊川史郎の居場所を突き止めて乗り込み、拘束することも可能でした。ですが、すぐにそうしなかった理由は二つあります。一つは、強硬手段に出ることで、葵さんの身に危険が及ぶかもしれない、と考えたからです。ちゃんと葵さんの監視が解かれるところをルイに確認させたかった。それには、史郎を『納得させる絵』が必要だったんです。そして、もう一つは、僕自身、確かめたかったからです」

「確かめたいって、何をだ？」と小松が清貴の方を向く。

「蘆屋大成の真相です」

清貴はそう言って、曼荼羅と長安の絵を見たあと、円生の肩に手を載せた。

「この作品は、あなたが描いたものですね？」

小松は、えっ、と目を剥き、円生は表情を強張らせている。

「円生、あなたが、蘆屋大成だった」

清貴がそう続けるも、円生は何も言わない。

「いえ、あなたも蘆屋大成だった、と言った方が正しいでしょうか。蘆屋大成は、あなたのお父様だった――」

円生は何も言わず、ただ困惑した表情を浮かべていた。

「どうやら、あなたは本当に父親が『蘆屋大成』と名乗っていたことを知らなかったんですね？　それなのに、その名を聞いて、『ふざけた名前』と言ったのは、なぜですか？」

円生は『蘆屋大成』の話題になったとき、『ふざけた名前』と言っていたのだ。

円生は体を小刻みに震わせながら、ギュッと拳を握り締めた。

「……親父の口癖やったんや」

「口癖？」

「せやねん。『いつか大成して芦屋《あしや》に豪邸を建てるんや』て。せやから『蘆屋大成』て名前を聞いた時、『そないなふざけた名前の画家がおるんかいな』って、ほんまに思て」

円生はそこまで言って、口に手を当てた。

そういうことでしたか、と清貴は納得した様子で、腕を組む。

「最初に曼荼羅の絵を観た時は、『何か』が引っかかったくらいでしたが、この長安の絵を一目観て分かりました。これはあなたの作品に間違いないと――」

清貴が、監視カメラの映像を確認した時、激しく動揺していたのは、このことが分かったからだったのだ。

だが、小松には、分からないことがひとつだけあった。

「どうして、あんちゃんには、円生の絵だって分かったんだよ？」

「僕は円生が描いた絵を持っているんですよ」

「えっ、持ってるのか？」

「ええ。円生は、以前、僕に絵を贈ってくれたんです。今も『蔵』の店内に飾っているんですよ。古き良き蘇州を描いた作品で――」

清貴は、その絵を思い浮かべるように目を細め、説明をした。

水路を中心に、左右に赤い提灯を吊《つ》るした家々が並んでいる。

水路の水面は明るい日差しに光り、その端には、屋形船が停泊している。

絵の奥には、とても小さな船があり、石橋をくぐっていこうとしていた。

木々の緑に桃の花。よく見ると前の光景が昼間で、奥が夜になっている。

川の手前の水面が陽の光を反射しているのに、川の奥には、白い月が浮かんでいるのだ。

「――それは、白居易の詩をモチーフにしていました」

小舫一艘新造了　軽装梁柱卑安篷
深坊静岸遊應遍　浅水低橋去尽通
黄柳影籠随棹月　白蘋香起打頭風
慢牽欲傍櫻桃泊　借問誰家花最紅

――小さな舟を一隻、作り終えた。
軽く梁の柱を立てて、低いとま葺き屋根を葺く。
ああ、これから深い町中も、静かな岸も、どこにだって行ける。
浅い水だ、低い橋も通り過ぎて、どこだって通っていける。
黄色く芽吹いた柳の影の中に、棹《さお》に随《したが》ってついてくる月が映っている。
白い浮草の香りが、頬を打つほどの風の中、漂ってきている。
ゆっくり舟を曳いて、桜桃の花の下に停めよう。
一番、紅く色づいている家は、どこだろうな――？

「贋作師をやめる決意した円生が僕に贈ってくれた絵は、これからの自由を思い希望に胸を弾ませて描いた一枚でした。僕はこの長安の絵を観て、うちにある蘇州の絵と同じ作者によるもの──円生が描いたものだと確信を持ったんです」

小松は、混乱する脳内を整理する。

つまり、蘆屋大成は、父親と息子、二人存在したということだ。

菊川史郎が、ジウ氏に持ち込んだ『金剛界曼荼羅』は、父親が描いていたもの。

ジウ氏が心酔した『胎蔵界曼荼羅』は、息子の円生が描いたもの、ということだ。

円生はかつて、酒に飲まれた父に代わって、父の画風で絵を描いていたからこそ、このようなことが起こっていた。

家頭誠司の鑑定は、間違っていなかったということだ。

「あなたのお父様が描いた絵と、あなたがお父様に成り代わって描いた絵は、たしかに似ています。が、僕にはまるで違って見えます」

「……せやろか？」

似せて描くことに自信があったのだろう。

不本意そうに問う円生に、清貴は、ええ、と頷く。

「あなたのお父様の絵を前にした時は、『良い絵だ』と感じました。ですが、あなたが描いた絵を前にすると……」

清貴は歩き出し、しばらく行ったところで一枚の絵の前で足を止める。

そこには、円生が描いた『夜の豫園』が飾られていた。

まさかこの絵が飾られているとは思わなかったようで、円生は呆然と目を見開く。

「やはり、素晴らしいですね。『この絵を描いたのが僕だったら』と悔しさにのたうちまわりそうです。そんな激しい嫉妬と羨望《せんぼう》、そして感動を与えてくれる……観る者を圧倒する素晴らしい才能です」

それは清貴の方便かと思ったが、本当にどこか悔しそうだった。

清貴のそんな表情を目《ま》の当たりにし、円生はその場に膝をついて、床に額をつけるようにして顔を伏せた。

「――っ」

声を殺しているが、円生は泣いていた。

だが、そこに痛々しさは感じられない。

洩れ聞こえてくる嗚咽《おえつ》は、これまで報われなかった、自分に対する労いのように聞こえたからだ。

先日、清貴は菊川史郎に向かって、『誰もが自分のことになると、分からなくなるものです』と言っていた。

円生もそうだったのだろう。

こんな素晴らしい才能を持ちながら、それには目もくれず、鑑定士になりたいと円生はもがき苦しんでいた。当たり前のように持っているものだからこそ、その価値に自分では気付かないのかもしれない。

今、円生は自分が持つものの価値に気付いたことだろう。

だが、画家は才能があっても、報われないことの方が多いもの。

清貴が、円生に絵を描かせたのには、さらにもう一つ理由があるのだろう。

ジウ氏が愛してやまない『蘆屋大成』が今も実在していることを、最も効果的に美術界に広めることができたのだ。

鑑定士を諦めた円生に、『あなたの才能を伸ばせる世界がある』と告げた清貴の言葉は、まさにこれだったのだろう。

清貴からの餞別《せんべつ》だったのかもしれない。

2

——展示会プレオープンの日。

ホテル『天地』の最上階には、たくさんの客が招かれていた。

今回の展示会のために働いた各国の鑑定士をはじめ、ジウ氏と交流のある財界人も集まっている。

頑《かたく》なに顔を見せていなかった家頭誠司も真相が分かったことで、この会場に姿を見せていた。

「やっぱり、わしは間違うてなかったんや。わしの目はたしかや！」

復活した家頭誠司は、以前よりパワーアップしているように見えた。

隣にいる高宮は、うんうん、と微笑みながら相槌をうっている。

「良かったですね。私もスッキリしました」

側にいた柳原は、「あんなにしょぼくれとってよう言うわ」と肩をすくめていた。

プレオープンの会場を身内にもギリギリまで内密にしていたのは、その日がイーリンの誕生日だったそうだ。

ジウ氏はサプライズで大きな誕生日ケーキを用意し、今回の企画のために世界中を走り回って奮闘したイーリンを労い、誕生日を祝った。

『ありがとうございます。まさかこんなふうに祝ってもらえるなんて、しかもこんな大切な場面で……ありがとうございます』

思わぬ祝福を受けたイーリンに、皆は惜しみない拍手を送った。

不仲だという兄のシュエンも、無表情だが拍手をしていた。

小松の目には、随分と不本意そうに拍手をしているように見えたが、イーリンにとっては、それでも兄に拍手をしてもらえるなんて思っていなかったのだろう。

その姿が嬉しかったようで、イーリンは身に付けている真っ赤なドレスと同じくらい顔を赤くさせて、子どものように泣いていた。

『なんだよ、誕生日を祝ってもらったくらいで、馬鹿じゃないか?』

シュエンはぶっきらぼうに言って、目を逸らしている。

その言葉は本心ではなく、素直になれていないだけであることは伝わってきた。

イーリンの誕生日を祝ったあと、招待客たちは、ワインやシャンパンを片手に展示作品を観て回った。

注目作品は数あれど、一番の注目は、やはり蘆屋大成の作品だ。

特に新作『夜の豫園』は、しばらく招待客たちが絵の前に釘付けになった。

やがて、黄浦江で花火が打ち上がったことで、客たちはようやく絵から離れて、窓際に移動していった。

ようやく、蘆屋大成コーナーから人がいなくなったことで、清貴、小松、円生は、作品を前にすることができた。

そこには、円生の父が描いた『金剛界曼荼羅』と円生が描いた『胎蔵界曼荼羅』、『長安の町並み』、『夜の豫園』と、四枚の絵が並んでいる。

やはり素晴らしいですね、と清貴は洩らす。

「ここに、『蔵』の壁に飾っている蘇州の絵も寄託したいくらいですね」

「そうしたらどうだ？」

「絵の輸送には、それなりに時間がかかるんですよ」

「そういうものなんだな」

「ジウ氏にお願いしたら、アッという間に運べるかもしれませんがね」

清貴は、二枚の曼荼羅を眺める。

一度は『金剛界曼荼羅』を贋作だと突っぱねたジウ氏だが、実は、蘆屋大成は父子二人存在し、その父子が『両界曼荼羅』を完成させたと知ってここに飾ることを望んだのだ。

「あなたが、『胎蔵界曼荼羅』を手掛けたのは、約二十五年前の個展で売れたお父様の『金剛界曼荼羅』がいつしか中国に渡り、そこで話題になっているという話を聞きつけたからですね？　上海を訪れたというのも、そのためではないんですか？」

絵を観たまま問う清貴に、円生は、「まぁ、そんなとこやな」と頷く。

「まわり回って親父の『金剛界曼荼羅』を手にした中国人から、大きな仕事を請けたんや。

『仏画』を数十枚と『胎蔵界曼荼羅』を描いてほしいて依頼や。結構な額の前金も振り込まれた。せやけど、その頃の親父はアルコールに溺れて、手が震えて絵も描けへん。いつも俺が代わりに描いていたんや。作品を描く前に前金も入ったし一度中国に行きたいて思て……」

それで、中国に行ったわけだ、と小松は頷く。

「せやねん。上海、蘇州、杭州を回って帰ってきた。ほんで俺はまず仏画を手掛けたんや。最後にこの曼荼羅を描こうてなった時に親父は死んでしもた……そん時に死はずるい、て、ほんまに思た」

「ずるい？」

清貴は、円生の方を向く。

「親父には、恨み言が山ほどあったんや。せやのに、死んでしもたら涙が止まらへん。何もかも死が帳消しにするみたいに良い想い出だけが浮かぶ。俺は泣きながら、この曼荼羅を描いたんや」

円生はそう言って、『胎蔵界曼荼羅』に目を向けた。

『胎蔵界曼荼羅』は、受容。すべてを包む大きな赦しが感じられる。

円生はこの絵を描くことで、父のすべてを受け入れ、赦したのかもしれない。

清貴は、そうでしたか、と大きく頷く。

「曼荼羅は悟りを絵で示したものと言われています。この絵を描くことで、あなたも悟りに近い感覚を抱けたのではないですか？」

「せやな。不思議な感覚になった」

「あなたが、贋作師をやめたあと、寺に入ろうと思った理由の一つだったのではないですか？」

清貴の問いかけに、小松はハッとした。

そうか。円生が出家したのは、仏門に下りこれまでの罪を償いたいというのもあったのだろうが、『胎蔵界曼荼羅』を手掛けてたことで、仏の世界に魅了されたのだろう。

円生は、どうやろ？　と肩をすくめる。

見たところ、図星だったようだ。

小松は、それにしても、と頬を引きつらせた。

「円生が父親のペンネームを知らなかったとはなぁ。そんなことありえるのか？」

「……ペンネームて。絵画は雅号《がごう》ていうもんや。親父の名前は菅原一成《いっせい》ていうんやけど、普通そのままの名前でやってるて思うやろ。金が振り込まれる口座かて本名のままやし」

「どうして、親父さんは、お前に雅号を伝えなかったんだろうな？」

「多分、親父も『蘆屋大成』なんて雅号にしたのを俺に言うのが恥ずかしかったんちゃう？

ちっとも大成しとらへんかったし」

円生は素っ気なく言って、ワインを口に運んだ。

そんな話をしていると、

「おめでとうやな、円生」

背後で柳原の声がして、円生は弾かれたように振り返った。

「先生……」

「ようやく決意してくれて、ワシも嬉しい。お前が空いている時間に絵を描いているのを見るたびに、ワシは早くそっちの道に進めばええのに、て思うてた。そやけどお前は、『画家は実力も何も関係ない、わけの分からない世界やから無理です』て頑なに言い張って
……」

その言葉は、小松も耳にしたことがあった。

父が散々苦労しているのを見てきたため、自分がどんなに絵を描けても画家は無理だと自分に刷り込んできたのだろう。

すみません、と円生は頭を下げる。

謝ることやない、と柳原は笑って、絵に目を向ける。

「ほんまに、素晴らしい作品やな」

円生は気恥ずかしそうに、ありがとうございます、と小声で答える。

「これからは、蘆屋大成としてがんばるんやろ？」

そう問うた柳原に、円生は、いえ、と首を振った。

「……たしかに今回のことで、これから絵を描いていこうて思いましたけど、『蘆屋大成』の名前は使うつもりはありまへん」

へっ、と小松はぽかんとして、「どうしてだ？」と思わず前のめりになった。

「その名前は、親父のもんや。これから絵を描くんやったら、俺の名前で俺の作品を描きたい」

「それじゃあ、本名——菅原真也の名前で活動するってことか？」

円生はそっと首を振り、窓の外に目を向ける。

「……俺にはえらい住職はんがわざわざつけてくれた、ええ名前があるさかい。これでも、結構、気に入ってるんや」

彼は一度出家した際、住職から『円生』という名を授かった。

その時にこう言われたそうだ。

〝円生。これからは、まぁるく、生きるんやで——〟と。

ドンッ、と打ち上がった花火は、真円を描いていた。

「気持ちは分かるけど、せっかく、『蘆屋大成』の名前が知られたっていうのに……」

清貴が今後の円生を思ってお膳立《ぜんだ》てしたことを知っていた小松は、もったいない、と肩を下げる。

「あなたが作品を描き続ける以上、どんな名で描いていようと、すぐにその名は知れることになるでしょう。一度あなたの絵に心を奪われた者は、なんとしてもあなたの作品を探し出そうとすると思います」

清貴は、にこりと笑う。

実際、ジウ氏は、蘆屋大成（円生）の作品を必死で探していたのだ。

「そうやな」と、柳原も頷いている。

その後、ジウ氏や家頭誠司も合流し、円生の絵を前に、熱っぽい感想を伝え合った。

円生は、照れくさいのか、終始、居心地が悪そうだった。

「褒め殺しも大変だなぁ」

小松がからかうように言うと、円生はジロリと一瞥をくれる。

その迫力に、小松はたじろぎながら、悪い、と笑った。

「帰国したら、すぐに作品づくりに入るのか？」

「どうやろ。とりあえず、親父の墓参りに帰ろうかて思う」

円生は、気恥ずかしいのか、小声でそう答える。

だが、その言葉は一歩前にいた清貴に聞こえていたようで、にこやかに振り返った。

「それはいいですね。ユキさんにどうぞよろしくお伝えください」

円生はギョッとしたように目を見開く。

「はっ？　俺はユキに会うなんて、一言も言ってへん」

「それは失礼しました。せっかく、故郷に帰るのですから、もしかしたら会いに行かれるのかと思いまして」

「なんやねん、それ」

どうやら図星だったようで、「ったく、ほんまにムカつくし」と円生はぼやいて背を向けた。

「にしても、あんちゃんも円生もすごいな。こんなにすごい二人が、俺なんかの事務所にいてくれたのかと思うと恐縮だよ」

小松は、しみじみとつぶやきながらワインを口に運ぶ。

「何を仰るんですか、小松さん。本当に人というのは、自分のこととなると分からなくなるものなんですね。そういうあなたこそ素晴らしいですよ」

「ありがとうございました」

「今回のすべては、あなたの技術があってこそです。本当に感謝しています。ありがとうございました」

頭を下げた清貴に、「いや、俺は別に……」と小松は目をぐるぐるさせた。

菊川史郎から電話があった時に逆探知をしたり、アイリーの過去を調べたり、ホテルのセキュリティを調べたことを言っているのだろう。

あんなことをしていなくても、清貴は菊川史郎の盗聴に気付いていただろうし、小松はそれほど役に立った気はしていない。

だが、礼を言われるのは、悪い気はしなかった。

清貴はワインを飲み干して、「さて」と顔を上げる。

「申し訳ございませんが、僕はここで失礼いたしますね」

「えっ、どこに行くんだ？」

「やはり葵さんの顔を見るまでは安心できないので、今夜の最終便でニューヨークに行きます」

「ええぇ⁉ 今からニューヨークまで行くのか？」

「はい、勝手に会いに行って怒られないかと不安ではあるんですが……。その時は、少し離れたところから見守っていようかと」

清貴は、それが怖いらしく、しゅんとした表情を見せている。

葵の身を案じ、すべてを捨てる覚悟で奮闘していた清貴だが、そのことを葵に伝える気はなさそうだ。

葵に教えてやりたい、と心から思う。

この清貴が、葵のために円生に頭を下げたのだから……。

あの時、円生も言っていたが、清貴にとって、それはもっともしたくないことだっただろう。

ふと、小松の脳裏に清貴の声が過る。

〝何より、僕が帰依するのは美しいもの――芸術ですよ〟

小松は振り返って円生の作品を観た。

そうか、と雷に打たれたような感覚になった。

清貴が円生に頭を下げたのは、もちろん葵のためだっただろう。

だが、それだけではなかった。

この芸術を世に送り出すためだったのだ。そのために、自分のプライドを捨てることも厭《いと》わなかった。いや、逆にプライドを以てのことだったのかもしれない。

どちらにしろ、愛する芸術のためならなんでもするのではないか、と思った小松の直感は、あながち外れていなかったということだ。

「どこまでも、あんちゃんだな……」

小松は感心を通り越して、半ば呆れたようにつぶやく。

その横で、円生がくっくと笑っている。

「今からニューヨークで。そら、ええわ。葵はんによろしゅう」

ええ、と清貴は頷いた。

「あなたが、新たな道を歩き出したことを葵さんに伝えようと思います」

「そんなんええて」

円生は弱ったように目をそらした。

清貴は「ちゃんと写真も撮りましたよ」とスマホをかざす。そこには、『夜の豫園』が映っている。

「葵さんがこの絵を見たら、きっと感激するでしょう。あの女性のシルエットは、葵さんですよね？」

円生は、ぐっ、と言葉を詰まらせた。

「え、これ、嬢ちゃんなのか？」

『夜の豫園』の絵には、女性のシルエットが描かれている。

小松は、中華後宮の女官をイメージして描いたものだと思っていた。

「どこからどう見ても葵さんではないですか。横顔なんてそのままですよ」

「横顔たってシルエットだし……。嬢ちゃんだって自分だとは思わないんじゃないか？」

小松は、そう言いながら絵に目を向ける。

「自分だと思うかどうかは分かりませんが、絵に込められた想いは、説明せずとも伝わるものです」

込められた想い？　と小松は小首を傾げた。

「豫園の絵に記した漢詩――涼州詞は、『あの者たちは、もうすぐ戦地に行くのだから、羽目《はめ》を外してても許してやってほしい』と兵士を憐《あわれ》み、労っている歌だといわれていますが、こうも受け取れます。『必ず、無事に帰って来てほしい』と――」

円生は、葵の無事を願い、あの作品を仕上げたのかもしれない。

円生は何も言わずに、小さく笑っていた。最早、すべてお見通しの清貴を前に、降参、という様子だ。

「では、行ってきます」

清貴は清々しい表情で片手を上げ、皆に背を向けて、颯爽と歩き出す。

窓の外には、今も花火が打ち上がっている。
それは、まるでそれぞれの出発を祝っているようだった。

あとがき

いつもご愛読ありがとうございます、望月麻衣です。

二〇一九年はご縁に恵まれて、上海とニューヨークに行くことができました。

本当に素晴らしく、ぜひ作品にも取り入れたいと思い、清貴は上海に行き、葵がニューヨークへ行くという展開を考えまして、今回は清貴の上海編、次回は葵のニューヨーク編となります。

そのため、今巻では葵の出番はほとんどありませんが、次巻はたっぷり登場いたしますので、よろしくお願いいたします。

さてさて、これまでも京都の外にちょろちょろ出ている京都ホームズですが、今回は日本を飛び出して上海へ。

私が上海で感じた魅力をお伝えできたら、とふんだんに書かせていただいてます。これでは紀行文ではないか？　という躊躇《ためら》いもあったのですが、それが京都ホームズのカラーかもしれない、と思い直し、突き進みました。また、今作は上海が舞台ということで漢詩や仏教も取り入れて中国らしさが出るように心掛けてみました。

読んでくださった方が、少しでも上海を疑似体験していただけたら嬉しく思います。

今巻は、謎の作家や家頭誠司の真相、菊川史郎の逆襲、葵の危機、ついに円生の爆発と、これまでとは違う展開に、私も『大丈夫だろうか？』と、どぎまぎしながら書き上げました。

清貴が作中で言っているように、フィクションのエンターテインメントとして割り切って、楽しんでいただけたら幸いと存じます。

そうそう、序章で秋人たちが行った車折神社に、私も玉垣を奉納させていただきました。二〇一九年秋から二年間、飾ってくださるそうで、もし良かったらご参拝の際に探していただけたら嬉しいです。


今巻もこの場をお借りして、お礼を伝えさせてください。

私と本作品を取り巻くすべてのご縁に、心より感謝とお礼を申し上げます。

本当に、ありがとうございました。

望月　麻衣

参考文献等

中島誠之助『ニセモノはなぜ、人を騙すのか?』(角川書店)
中島誠之助『中島誠之助のやきもの鑑定』(双葉社)
ジュデス・ミラー『西洋骨董鑑定の教科書』(パイ インターナショナル)
出川直樹『古磁器 真贋鑑定と鑑賞』(講談社)
別冊炎芸術『天目 てのひらの宇宙』(阿部出版)
今野敏『真贋』(双葉社)
タビトモ『上海』(JTBパブリッシング)
川合康三訳『白楽天詩選』(岩波文庫)
田中克己『漢詩編10 白居易』(集英社)

双葉文庫

も-17-19

京《きよう》都《と》寺町《てらまち》三条《さんじよう》のホームズ⓭

麗《うるわ》しの上海楼《しやんはいろう》

2020年1月19日　第1刷発行
2024年7月12日　第3刷発行

【著者】
望月《もちづき》麻衣《まい》

【発行者】
島野浩二
【発行所】
株式会社双葉社
〒162-8540 東京都新宿区東五軒町3番28号
［電話］03-5261-4818(営業部)　03-5261-4851(編集部)
www.futabasha.co.jp(双葉社の書籍・コミックが買えます)
【印刷所】
中央精版印刷株式会社
【製本所】
中央精版印刷株式会社

【フォーマット・デザイン】
日下潤一

ISBN978-4-575-52308-9 C0193
Printed in Japan